KB048425

이봐, 양사나이.
어떻게 하면
좋을까?

말했잖아.
음악이 울리는 동안은
어쨌든 계속 춤을 추는 거야.
의미 같은 건 생각하지 마.
세상이 미쳤다고 해도
넌 계속 춤을 추는 거야.
똑바로, 제대로 춰야 해.
다른 사람들이 어떤 이상한
춤을 춰도 넌 그냥 네 춤을 춰.

무라카미 하루키의 소설보다도 비현실적인 세상에서 살고 있다.

문득 궁금하다.
내가 제대로
살고 있는 것인지.
가을 타나..

평범한 게
어때서

시작하기 전에

야근을 할까 생각하다가 8시쯤 정리를 하고 나와 서점에 갔다.
책을 사고 싶다는 생각이 드니까 참기 어려워져서 비를 뚫고 서점으로!

나는 철이 없다. 늦잠을 자고 싶어 주말마다 안달이고, 틈만 나면 만화책을 사 모으고, 단것을 심하게 좋아하고(냉장고에 늘 초콜릿을 숨겨 놓는다), 엄마가 보내주신 멀티비타민과 오메가쓰리를 규칙적으로 챙겨 먹는 것이 귀찮고, 주말에는 머리를 잘 감지 않고, 드라마에 푹 빠져 띠동갑도 넘는 남자 주인공에 마음을 빼앗기고, 시아버지께서 사주신 요리책을 책장에서 최대한 눈에 띄지 않는 곳에 처박아두고(레퍼토리라고는 볶음밥 하나뿐인 주제에 한 번도 제대로 본 적이 없다), 한꺼번에 구두를 세 켤레씩 사고 주변을 의식해 두 켤레만 샀다고 거짓말을 하기도 한다. 최근 친한 동생에게 이런 내 철없음을 고백했더니 자기도 비슷하다고 말해줘 어찌나 위로가 되든지. 서로를 무척 반기며 "뭐 어때, 우리 그냥 이러고 살자"고 했다.

#012

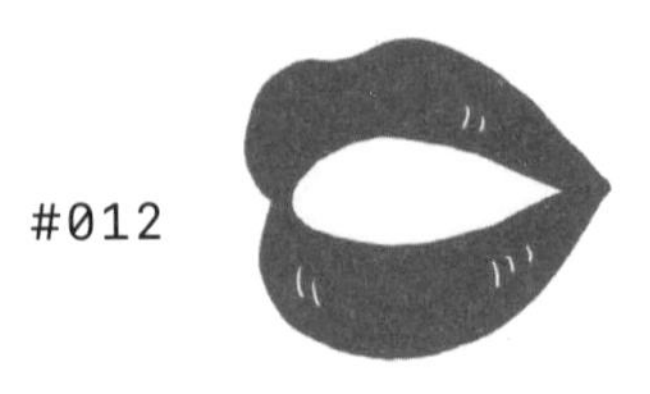

#058

#098

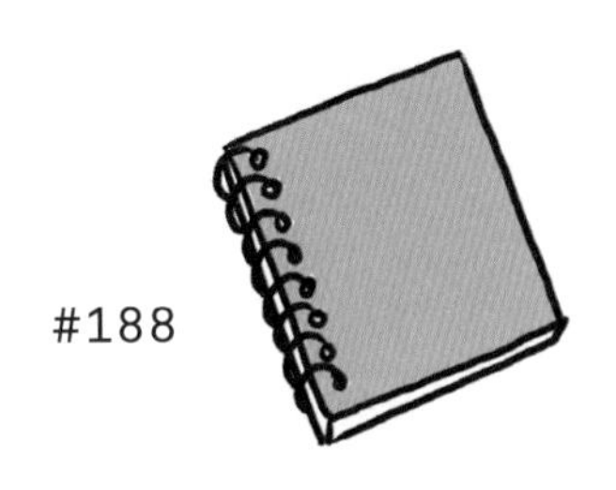

밀짚모자와
하늘하늘 맥시드레스는
여자의 로망!

나는 여자다. 여자로 봐주는 사람이 점점 줄어가고 있지만
그래도 나는 여자다. 예쁘고 아기자기한 소품과 액세서리를
좋아하고, 발레리나를 연상케하는 플랫 슈즈가 소중하다.
핑크색을 사랑하고 일부러 달고 다니진 않아도 리본도 무척
좋아한다. 바지보다 치마를 선호한다. 좋아하는 배우는
오드리 헵번, 보고 또 봐도 질리지 않는 영화는 '티파니에서
아침을'. 청바지에 운동화를 애용하지만 가끔씩 검은색 원피스에
진주목걸이를 하기도 한다. 그런 내 삶의 목표 중 하나 :
사랑스런 할머니로 아름답게 나이 먹는 것.

어쩐지 평소보다 머리 스타일이
마음에 드는 날이 있다.
그런 날은 괜히 기분이 좋다.

모두에게 외모는 중요하다. 가장 눈에 띄는 건 역시 얼굴이겠지만, 얼굴은 성형수술 외에 개선의 방법이 없으니 자연스럽게 차선책으로 관심 가는 부분이 머리. 머리 스타일이 마음에 드는 날은 자신감도 상승하는 기분이랄까. 반대로 그렇지 않은 날은 맥이 빠진다. 머리 모양을 바꿨는데 어울리지 않거나 나이 들어 보일 때 가장 속상하다. 바꾸기 전이 더 낫다는 주변의 반응은 절망감을 부르기도 한다.
한때 500원짜리 동전 만한 원형 탈모가 생긴 적이 있다. 그땐 정말 만날 우울했다. 지하철에서 대머리 남자를 보면 동병상련의 심정이었고, 뒤통수의 남반구 중간 지점을 하루에도 수십 차례씩 만지고 살폈다. 다행히 시간이 흘러 반질반질한 두피에 가늘고 힘 없는 모발이 올라오던 날, 그날이 얼마나 눈물 나게 반갑던지. 고작 머리카락따위 뭐 그리 중요하냐 말하는 이가 있다면 그는 분명 타고난 머리숱이 많거나 생전 한 번도 탈모의 고통을 경험해보지 않은 부류일 것이다.

그런 사람에게 하고 싶은 말이 있다. "부러워요."

프릴 달린 블라우스, 화사한 원피스는 이제 더 이상 어울리지 않는다.
주로 블랙이나 무채색, 치마 길이는 무릎 정도, 요란하지 않은 복장이 좋다.
하지만 그런 나도 가끔 네일숍에 가면 은은한 컬러보다
눈에 확 띄는 핫핑크나 글리터를 선택한다. 누가 뭐라 해도 나는, 여자이니까.

서른 즈음 미국 드라마인 '섹스 앤 더 시티'에 푹 빠져 지냈다.
오직 그 드라마를 위해 DVD 플레이어를 샀을 정도다.
기계치이고 전자제품에 대한 두려움 같은 게 있어서 웬만하면
잘 사지 않지만, '섹스 앤 더 시티' 전 시즌 DVD를 손에 넣는 순간,
꼭 컴퓨터 모니터가 아닌 TV로 보고 싶어진 것이다.
그 시절에는 퇴근하고 집에 오면 늘 DVD부터 틀었다.
작은 원룸 오피스텔에 살던 때라 잠을 자든 밥을 먹든 설거지를
하든 양치질을 하든 거의 한 공간이었다. 함께 살던 룸메이트
절친이 결혼을 해 그녀와 그녀의 고양이들을 떠나 보내고 이사한
곳이었다. 그런 내게 드라마 속 언니들은 큰 위안이 되었다.
"그래, 결혼이 뭐가 중요해" 하고 중얼거리거나
"대체 마놀로블라닉은 한 켤레에 얼마인 거야"
이렇게 혼자 떠들다 보면 조금은 덜 외로웠다.

TV 속 언니들을 동경했다. 나도 그렇게 쿨하고 과감하고
패셔너블하고 자신감 넘치고 인기도 많고 싶었다. 옷장에는
트렌디한 옷이 가득하고 한 켤레에 수백 달러 하는 구두도
잔뜩 소장하면서 주말에는 근사한 레스토랑에서 브런치를 먹고,
누가 봐도 멀쩡하게 생긴 남자들에게 걸핏하면 데이트 신청을
받아 봤으면 좋겠다고 생각했다.

허구의 세계를 구경하는 맛은 달콤했다.
현실과 너무 다른 세계이기 때문인지도 모르겠다.
나는 지극히 평범한 회사원이었고 매일 한 푼 두 푼 쓴 돈을
가계부에 적어가며 쥐꼬리만한 월급을 쪼개 적금을 들고 있었다.
옷장 속 옷은 초라했고 유명 브랜드 구두는 한 켤레도 없었으며,
남자에게 인기도 없었다. 스물아홉 마지막 날 강남역에서
소개팅을 끝으로 다시는 이런 짓은 하지 않겠노라 다짐하며
버스를 타고 집으로 와 만화책을 보다가 잠들었다.

우울할 땐 늘 DVD 플레이어를 틀었다. 집중해서 보지 않아도
방 안에 언니들의 말소리가 두런두런 들리는 게 좋았다.
드라마일 뿐이지만 가끔씩 그리울 때가 있다.

서른 즈음 푹 빠져 지냈던 미국 드라마
'섹스 앤 더 시티'가 지금도 가끔씩 그립다.

키즈 카페에 애들을 풀어놓고
카페인 충전하며 잡지를 보다가...

나에게 패션 센스가 있다면 어떨까 상상하는 중.

이십 대로 거슬러 올라가면 '도전의 시대'였다고 할까. 누가 봐도 전혀 어울리지 않는 옷을 입을 때도 있었고, 신체적 결함이 드러나는 패션 아닌 패션으로 주변을 안타깝게 하기도 했으며, 이색저색 머리 염색도 자주 바꿔 어느 땐 머리 전체가 얼룩덜룩해진 적도 있다. 아무 이유 없이 가발을 쓰고 다니기도 했다. 아이라인을 진하게 그려 기가 센 여자처럼 보일 때도 있었고, 빨간 마스카라를 발라 의도치 않은 기괴함을 연출하기도 했다. 구입한 립스틱 중 열의 아홉은 잘 어울리지 않았으며, 매장 직원 말만 믿고 산 파운데이션이 너무 밝아 얼굴과 목을 투 톤으로 하고 다닌 적도 있다. 파란색 콘택트렌즈를 착용하고 출근한 날엔 동료들을 놀라게 했다.

스타일을 수시로 바꿔대는 젊은 무한도전녀 혹은 무한도전남이 주변에 있다면 그들을 너그러이 이해해 주기 부탁 드린다.

"놔두면 알아서들 정신 차릴 거예요."

좋아하는 영화는 보고 또 본다. 전혀 지겹다고 생각하지 않는다. 대사를 외울 지경인데도 볼 기회가 있다면 당연히 또 본다. 반복되는 패턴이나 판에 박힌 일상을 부정적으로 보는 사람도 많지만 나는 반대다. 루틴(routine)을 사랑한다. 균일함과 반복, 지속성에 아름다움이 있다고 본다. 늘 같은 시간에 일어나고 비슷한 시간에 잠든다. 매일 일기를 쓰고 블로그를 한다. 정리정돈이 좋고 즉흥적인 것보다 차분하게 계획하는 것이 편하다. 뭔가를 예측할 수 있다는 것은 얼마나 멋진 일인가. 나는 뉴스를 봐도 일기예보를 가장 반긴다.

우울하거나 불안할 때 먹으면 위안이 되는 컴포트 푸드(comfort food)와 같은 개념으로 내게 컴포트 무비는 '티파니에서 아침을', '로마의 휴일', '해리가 샐리를 만났을 때', '브리짓 존스의 일기', '유브 갓 메일', '당신이 잠든 사이에', '시애틀의 잠 못 이루는 밤', '중경삼림', '노팅힐', '러브액츄얼리' 등이다. 대부분 엔딩이 뻔한 로맨틱 코미디다. 다른 사람에게는 어떨지 모르지만 가족과 떨어져서 외롭게 지낼 때 나를 지탱해준 영화들이라 내게는 의미가 크다.

그건 그렇고 '티파니에서 아침을'에서 오드리 헵번은 정말 멋지고 사랑스럽다. 볼 때마다 감탄하게 된다. 발레리나 같은 몸, 갸름한 얼굴, 동그란 눈, 부풀린 60년대 식 헤어스타일, 검은색 원피스와 챙 넓은 모자, 얼굴의 절반을 덮은 검은 선글라스, H라인 드레스에 진주목걸이, 셔츠 스타일의 파자마, 허리를 조여 묶은 트렌치 코트…. 하지만 가장 기억에 남는 장면에서는 화려한 옷차림이 아니라 큰 수건을 머리에 두르고 청바지에 티셔츠, 맨발로 창가에 앉아 기타를 치며 나지막이 노래를 부른다. 쓸쓸한 눈빛으로 그 유명한 '문리버'를.

Moon River wider than a mile
I'm crossing you in style someday
Oh, dream maker
You heartbreaker
Wherever you're goin'
I'm goin' your way
Two drifters off to see the world
There's such a lot of world to see
We're after the same
Rainbow's end
Waitin' round the bend
My Huckleberry friend
Moon River
And me

나도..
오드리헵번 처럼
5번가에서
새벽에 도넛과
커피를 먹으며
티파니 매장을
들여다보면..

경비원이 출동
하지 않을까?

영원한 나의 컴포트 무비 #1:
"티파니에서 아침을"
(오드리 헵번 포에버♡)

과 거

사춘기 때 나는 내가 예쁘진 않아도 스타일이 있고
귀여운 줄 알았다. 나를 좋아하는 남학생이
한 명도 없다는 사실이 참으로 의아했다.

지금 생각하면 그 시절
디지털카메라와 SNS가 없었던 게 얼마나 다행스러운지.

현재

진심으로 궁금하다.

옷을 꾸준히 사는데 왜 만날 입을 옷이 없는지…

이런 생각은 계절이 바뀌면 한층 더 심각해진다.

어찌된 일인지 매일 입을 옷이 없다. 계속해서 사들이는데,
정말 알 수 없는 미스터리다. 옷장 문을 활짝 열고
아무리 뚫어져라 쳐다봐도 마음에 드는 옷을 찾을 수가 없다.

내가 지금 사고 싶은 옷은 :

1 키가 5cm 정도 커 보이는 짙은 감색 핀 스트라이프 정장.
재킷, 팬츠, 스커트를 함께 사면 출장 때마다 잘 입을 것 같다.
기왕 제대로 갖춘 정장이라면 프로페셔널한 느낌이 좔좔
흘러주면 좋겠다.

2 ①의 정장에 받쳐 입으면 센스 만점일 셔츠 혹은 블라우스.
깔끔한 라인과 고급스러운 소재. 최소한의 디테일로
세련되면서 지적으로 보일 수 있는 그런 것.

3 다리가 길어 보이면서 매우 편한 청바지. 적절한 워싱과
적절한 찢어짐으로 어번 시크(urban chic)한 아이템.
'젊은 척' 하는 게 아니라 '늙어 보이지 않는' 느낌의 데님.

4 화사한 컬러의 실크 스카프. 크기가 넉넉하고 어떤 옷에도
잘 어울리는 것. 정장에 매도 우아하고 청바지와 재킷 차림에도
어색하지 않은 스카프.

혹시라도 도움이 될까 싶어서 옷장 정리를 했다.

속이 시원하다.

추억의 종이인형 40대 직장맘 ver.

집에서는 항상
티에 추리닝
혹은 파자마 바지
주말엔
앞치마
패션
고무장갑
(주부습진
싫어요)
머리 감기
귀찮으면 모자
꼬질
뜬금 없는 금발 로망
주말 외출 시
청바지(가끔 찢어진
청바지를 입으면
남편과 애들이
거세게 반발
but 그래도
꿋꿋하게 입음)
종이인형 놀이라면
드레스쯤은 하나
있어줘야 제맛!
블랙 롱드레스에
진주목걸이 칭칭.
이런 파티용
글러브 멋지다고
생각함
내 사랑 운동화
(운동은 하지 않지만)
킬힐!
(상상 속에서만 가능)

속옷 얘기까진 쑥스럽지만…, 출퇴근길 늘 지나치는
란제리 숍이 있다. 진열해 놓은 속옷이 하나같이 화려하고
디테일이 넘쳐 신기하게 쳐다본다. 혹시 디스플레이한 옷만
그런가 싶어 매장 안을 들여다보기도 했는데, 그건 아니었다.
나름 일관성이 있다. 알록달록한 색도 색이지만 심플함을
거부하는 컨셉트인지 어떤 식으로든 화려한 장식이
빠지지 않는다. 풀 세트로 갖추지 않고 하나만 입어선 무척
어색할 것 같은 느낌이랄까.
그러고 보니 나는 일년 내내 비슷한 속옷이다. 컬러는 겉으로
비치지 않는 살색 혹은 베이지색. 디자인은 최대한 심플하게.
레이스는 거추장스러워서 싫고, 리본도 싫고(아주 작은 것도).
망사도 싫고, 실크는 비싸기도 하지만 간지러워서 싫고,
이제 '기능성' 속옷을 고려할 나이도 되었으나 조여주고
모아주고 받쳐주는 게 숨 막힐 것 같아 그것 역시 싫다.

음…, 정리를 하고 보니 내 속옷 취향이 보인다.
그러니까 나는 아줌마 스타일이다. 우헝헝

저렇게 요사스러운
빅 러플과 레이스가 달린
속옷은 위에 옷을 입었을 때
불룩불룩 할 텐데..
게다가 강렬한 색상..
밝은 색 옷을 입으면
다 비쳐서 민망하겠다..
가터벨트인지 뭔지
실제로 착용하는 사람이
있을까? 내 주위엔 없어..
이 속옷집은 죄다 저런 컨셉..
일반적인 속옷도 있긴 있을까..

지하철 역에 있는 속옷 가게를 지나갈 때마다
비슷한 생각을 한다. 팔리니까 팔고 있겠지만….

겨울이 온다는 사실은 누구보다 먼저 개건성 피부가 알려준다.
(보습만이 살 길ㅠㅠ 모이스쳐라이즈 합시다~)

The 고민 of my life: 왜 나는 피부가 이 모냥일까?

뾰루지가 잘 올라오는
쓰잘데기 없이
예민한 피부.
피곤해도
잠을 못 자도
걱정이 있어도
생리가 다가와도
스트레스를 받아도
그리고 아무 이유 없이도
피부가 뒤집어진다.
아주 미치겠..

이러다가 또
피부관리실의 호구가
되고야 말 것 같은 느낌..

그래서 남에게 혐오감을 주지 않을 정도로 화장을 한다.
기미가 지금보다 더 짙어지지 않도록
매일 자외선 차단제를 바르고 피부 톤을 정리한다.
눈썹은 기분에 따라 그리는 날도 있고 안 그리는 날도 있지만.

그러던 어느 날 :

매일 화장을 하지만 유독 아이섀도에는 자신이 없다.
그래서 아예 하지 않다가 용기 내어 하나를 샀다. 내일은 꼭 해봐야지.
잘 될까? 나도 아이메이크업 잘 하는 여자이고 싶다.

그리고 다음 날 :

새로운 도전이 늘 성공적인 결과를 낳지는 않는다. 그래도 가끔은 판에 박힌 일상에서 벗어날 수 있도록 시도해보는 것은 중요하다고 생각함.

스타일 좋은 사람은 뭘 걸쳐도 멋지다.
'감'이라는 것은 타고나는 것 같다. 유행하는 옷을 사거나
연예인 패션을 따라하는 것쯤이야 누구나 할 수 있다.
돈을 좀 많이 투자하면 스타일 있어 보이게 하는 것도
어렵지 않다. 하지만 진정 스타일이 있는 사람은
옷을 많이 가지고 있거나 유행에 민감한 사람이 아니다.
진짜 멋쟁이는 자기다움을 잘 살릴 줄 아는 사람인 것 같다.
예를 들면 오드리 헵번, 재클린 케네디 오나시스,
케이트 모스 같은. 우리나라 연예인 중에는 황신혜, 장윤주,
배두나가 선망의 대상이다.

나는 딱히 스타일에 대한 감이 없으므로 그저 그런 사람들을
부러워하는 선에서 깔끔하게 위치를 지키려고 한다.

내가 해보고 싶지만
안 어울릴 가능성이 100%라
시도하지 않은 것:
스모키 메이크업

**난 유행을 잘 못 따라가는 인간이지만, 트렌드를 잘 읽고
자기만의 스타일로 녹이는 사람이 무척 좋다.**

아름다운 여인에게 자꾸 눈이 가는 것은

남자뿐 아니라 여자도 매 한가지. 누구든 이쁘면 관심 받게 돼 있다.

세상은 늘 예쁘고 잘 생긴 사람에 초점이 맞춰져 있다.
그러나 실은 그 예쁘고 잘 생긴 사람보다 훨씬 더 많은
예쁘지도 않고 잘 생기지도 않은,
한마디로 평범하게 생긴 사람들이 존재한다.

미인이 아니라서 좋은 점 :

1 예쁜 여자에 비해 남자가 덜 꼬인다.
당연히 이상한 남자가 꼬일 가능성도 적다.
2 눈에 띄지 않으므로 자유롭다. 어디서든 배경에 잘 스며든다.
미인은 어딜 가도 항상 사람들의 시선이 느껴질 텐데
얼마나 피곤할까.
3 나를 좋아해주는 남자는 특별히 외모를 중시하지 않는
사람이다. 곧, 하드웨어가 아닌 컨텐츠를 좋아할 줄 아는
사람이라 해석하면 은근히 기분이 좋아진다.
4 평범한 외모의 소유자들은 보통 이십 대 때보다 삼십 대 이후에
더 좋아 보이는 경우가 많다. 젊을 때는 자신에게
뭐가 어울리는지 잘 모르다가 삼십 대쯤 나름의 스타일을
구축하고, 이를 자신감으로 연결하는 것 같다.
5 심심한 북유럽 스타일은 질리지 않아
더 오래 사랑 받는다는 사실을 기억하자.

언니가 잠옷을 사줬다. 애들을 낳고 오랫동안 잠옷 없는 삶을 살아왔기 때문에(추리닝 바지에 면티) 기쁘기도 했지만,

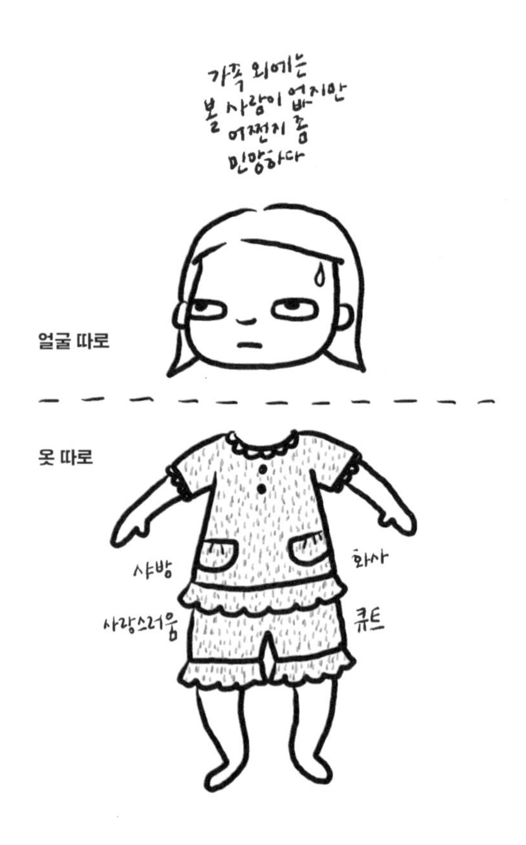

왜인지 발랄하고 상큼한 잠옷에게 드는 미안한 마음.

작년 가을 이사 후
미용실을 정착하지 못해
마음의 안정을 찾지 못함.
지난 주 목요일, 희망을 갖고
새로운 미용실에서 머리를
했는데.. 비쌌는데..
마음에 안 든다..

고작 머리 스타일 하나로 이렇게 심정이 사나울 수 있다니
어이가 없다. 지하철을 타고 강을 건너 예전 다니던 미용실로
다시 갈까 심각하게 고민하고 있다.

그리고 어느 날

귀찮고 etc.의 이유로 삼개월 넘게 미용실을 가지 않았더니 머리가 아주 난리가 났다. 결국 과감하게 칼퇴근을 하고 예전에 다니던 미용실에 갔다.

단골 미용실에 가면 담당 선생님이 알아서

척척 해주시기도 하고 책도 마음껏 읽을 수 있어서 좋다.

눈이 뻑뻑해질 때쯤이면 머리도 다 되어 있고.

미용실에서 보내는 시간은 여자의 일생에서
아주 큰 의미와 가치를 지닌다. 일차적으로 외모를 관리하는
차원에서, 이차적으로 심리적 안정을 재정비하는 차원에서
중요한 장소라고 할 수 있다.
미용실에 가면 누군가에게 보살핌 받는 느낌이 좋다.
모두들 상냥하다. 스타일 좋고 멋진 사람들이 내게 친절하기까지
하면 팍팍한 삶이 조금은 아름답게 느껴지기도 한다. 커피도 주고
차도 주고 잡지도 주고 편히 읽으라며 무릎 위에 쿠션도 놓아준다.
그럼에도 혹시 다른 불편함은 없는지 유심히 관찰해가며
관심의 시선을 놓지 않는다. 누군가 내게 그러한 친절을 베푼다는
사실이 감동적이다. 게다가 그 친절한 사람들이 나를 위해
열심히 노력하는 동안 나는 그냥 멍 때리고 앉아 있으면 된다.
잡지를 봐도 되고, 책을 읽어도 되고, 안 보는 척 하며 다른 손님을
구경해도 된다. 가장 중요한 포인트는 '나는 가만히 있기만 해도
된다는 것'. 나는 소중한 사람인 것이다.

그러니 남자들이여, 아내 혹은 여자 친구가 미용실에 갖다 바치는
돈을 아까워해선 안 된다. 그녀가 미용실에 다녀온 사실을
인지하거든 무조건 칭찬해야 한다. 센스 있는 사람이라면
미리 멘트도 준비하라. 영혼 없는 "응, 예뻐"는 절대 금물이다.

사방팔방에서
맹렬히 공격해오는
흰머리 오랑캐를
뿌리 염색으로
(당분간) 잠 재우고
상한 머리카락 끝을
다듬고 나니
마음에 안정이..

요가, 명상, 상담, 테라피 다 필요 없고
미용실에 가서 머리 하면 그게 힐링.
오래 가지 않지만 효과는 직빵.

클렌징을 하다가 갑자기 든 생각 1 :

나는 자동차에 비유하면 리콜도 없고 업그레이드도
힘든 모델이다. 게다가 새 모델이 계속해서 출시되므로
가만히 있어도 저절로 뒤로 밀린다. 원래부터 빼어난
디자인이 아니었고 연비도 그다지 좋지 않으니 어쩔 수 없다.
되도록 좋은 연료를 넣어주고 문제가 생기면 곧바로
A/S 받아야 한다. 튜닝까진 몰라도 세차라도 자주 해서
늘 깔끔함을 유지하는 것이 목표다.

화장은
하는 것보다
지우는 게 더
중요하다고
했었지‥
평생 써야 하는
얼굴이니까 잘
관리해보자‥

내 몸은 하나뿐.

교체용 부품도 없고, 리필도 없다.

지금 상태를 잘 관리하는 수밖에.

클렌징을 하다가 갑자기 든 생각 2 :

어렸을 때는 귀찮다, 진득거린다, 번들거린다는 이유로
자외선 차단제를 잘 바르지 않았다. 그 결과, 기미와 잡티를
선물로 받았다. 이제 컨실러 없이는 하루도 살 수 없는 인생이다.
일본의 동화작가 사노 요코의 에세이집 〈죽는 게 뭐라고〉를
읽다가 '얼굴이 몸 전체에 얼마 안 되어도, 여자에게는 그것이
생명이라는 진리를 70여 년 동안 충분히 느꼈다'는 대목에서
깊은 동지애를 갖고 잠시 슬픔에 잠기기도 했다.
미인으로 태어나지 못했으니 더욱 관리에 신경을 써야 했다.
이제 와서 후회가 막심이다.

예전 같으면 귀찮아서 거들떠보지도 않던 마스크 팩.

요즘은 혹시나 하는 마음으로 가끔씩 한다.

효과는 잘 모르겠지만 약 5분간 심리적 안정을 누릴 수 있다.

얼굴 다음으로 신경이 쓰이는 것은 '목'이다. 애초부터 목 관리가 중요하지만 대부분의 사람은 이 사실을 뒤늦게 깨닫는다.

젊었을 때는 '탄력'이라는 단어가 무슨 뜻인지도 몰랐다. 그저 당연한 것이었다. 하지만 나이를 먹고 몸으로 그 부재를 직면하게 되니 "아니, 이게 뭐지? 내 피부가 왜 이래?" 하며 흠칫 놀란다. 바로 그때다. 주름진 목이 보이기 시작하는 것은. 많은 여자들이 이 시점에 목 관리의 중요성을 깨닫는다. 나의 롤모델 작가 노라 에프론이 말했다. 얼굴은 거짓말할 수 있지만 목은 늘 솔직하다고. 나무도 사람처럼 목이 있다면 베어보지 않고도 그 나이를 알 수 있을 거라고.

남편.

왜?

마누라 목..
늙어 보이지 않아?

뭐..

얼굴도 늙지만
화장을 할 수는 있잖아.
목은 항상 민낯인 셈이니
젊은 '척'도 못하지.

세수하고 로션을 바르는데 오늘따라 유난히 목이 더 늙어보인다.
남편이 바로 대답을 못하는 것을 보니... '늙어 보이는 게 맞구나'.

원래부터 손이 예쁘지 않은데다가
주부 습진에 세월의 흔적까지 보태져서
영 안쓰러운 손이다.

손이 희고 예쁜 사람들을 보면 부럽다.
우리 애들의 작고 부드러운 손도 늘 너무 신기하다.

손이 늙는다는 사실은 어렴풋이 알고 있었지만
손톱까지 늙게 될 줄 몰랐다. 아니, 손톱에도 젊고 늙음이 있다니!
단골 네일 숍을 뚫어야 하는 건지 고민이다.

손이 예쁘면 좋겠다. 머리가 찰랑거리면 좋겠다. 피부가 희고
깨끗하면 좋겠다. 잡티와 기미가 사라지면 좋겠다(레이저를
쐬봤지만 꿈쩍도 않는다). 화장하지 않고 나가도 민폐가 안 되면
좋겠다. 머리, 피부, 목, 치아… 관리해야 할 게 한두 가지가
아니다. 미인이 아니라서 크게 불편한 점은 없지만…

다시 태어난다면 "나도 송혜교처럼 생겨보고 싶다."

세상에는 특별한 사람도 많지만 훨씬 더 많은
'보통' 사람이 있다. 이 훨씬 더 많은 보통 사람들이
성실하게 살아가는, 혹은 살아내는 하루하루가
세상을 움직이는 힘이라고 믿는다. 그래서 특별하지 않지만
보통 사람으로 살고 있음에 부끄럽지 않다.

평범한 게 어때서?
아무리 평범한 나도 내 삶 속에서는 엄연한 주인공이다.

내 삶의 주인공은 나다. 아무리 평범하다고 해도. 잊지 말자!

맛있는 음식이 정말 많은 세상이다.
돼지고기 팍팍 넣고 푹 끓인 김치찌개,
햅쌀로 뚝배기에 갓지은 밥, 신선한 회,
두툼한 안심스테이크(스테이크 소스 대신 호스래디시나
홀그레인 머스터드를 곁들여서),
시금치와 치즈가 들어간 커리와 난, 블루베리베이글,
감자탕, 찹쌀탕수육, 딤섬, 잡곡밥에 담백한 된장국,
우리 엄마표 꼬리곰탕, 군고구마, 갓 튀겨낸 모든 것,
호텔 조식, 남편이 끓여준 라면,
치즈케이크, 에그타르트, 치맥,
떡볶이와 순대(귀와 간이 빠지면 섭섭하다),
콩나물 넣고 끓인 뜨끈뜨끈한 김칫국,
버터 넉넉히 바른 바게트, 올드훼션드 도넛,
프렌치프라이, 생선초밥, 바삭하게 구운 삼겹살,
베트남 음식은 대부분 맛있지만 특히 분짜,
찜질방에서 파는 훈제달걀, 알 통통하게 밴 열빙어구이,
금방 무친 겉절이, 오이소박이…

끝이 없다.

음식이 나오는
만화와 영화도
좋아함
얌냠
짭짭
음식 나오는
만화책
부시럭
포테이토
칩

직장인들의 알토란 점심 시간

회사 근처에 태국음식점이 오픈한 것을 눈 여겨 보던 여성 3인방.
오늘 급기야 테이스팅 완료.

새로운 곳에 대한 심사는 엄격하게 이루어진다.
직장인의 점심 시간은 소중하니까요.

"오늘 뭐 먹을까요?"

"날씨도 그런데 맨날 가는데
말고 다른 거 먹으러 갈까요?"

"좋아요 좋아요~"

"저도요~~"

"제가 새로운 파스타 집을
뚫었는데 가보시렵니까?"

"와아~ 제발요^^"

"다들 오늘 스트레스 레벨 좀
높으신 것 같은데 맛난 것 먹고
수다떨어요~"

"그럽시다요!"

"은근 맛집이니 12시 땡
하면 바로 튀어나가야 해요."

"넵! 삼십분 남았으니
다들 화이팅 합시다~"

베이글(특히 블루베리나 시나몬레이즌)을
반 갈라 토스트한 뒤
따뜻할 때 버터를 넉넉히 발라
커피와 함께 먹으면
그냥, 좀, 무척, 행복해진다.

대부분의 여성은 밥을 배부르게 먹고도 바로 또 빵도 먹을 수 있다. 밥과 빵은 같은 탄수화물이지만 어쩐지 다르다. 들어가는 배가 따로 있다고 주장하는 사람도 있다. 설득력이 아예 없는 이론은 아니다. 정말 배부르게 먹고도 카페로 자리를 옮기면 케이크나 파이, 와플 같은 것이 또 들어가니까. 하체 비만의 원인이네, 뱃살의 주범이네 하면서도 탄수화물은 쉽게 끊을 수가 없다.

나도 빵을 좋아한다. 쌍둥이를 임신했을 때 임신성당뇨 증세가 발견되어 빵을 줄여야 했는데 그때 매우 슬펐다. 빵은 맛있기도 하지만 영혼을 보듬어준다. 특히 베이글의 유혹엔 늘 무장해제다. 빵을 반 갈라 토스터 혹은 오븐, 없으면 프라이팬에 노릇하게 구운 후 접시에 옮긴 즉시 버터를 바르면 버터가 금세 '사르르~' 녹는다. 커피와 함께 먹으면 최고, 아무리 배가 차도 야무지게 다 먹게 된다.

나를 포함해 내가 아는 상당수의 여성들이 탄수화물 중독 증세를 보이고 있다.

커피 일상

출근해서 일단
부드럽게 블랙을
한 잔 마시고

점심식사 후에는
식곤증을 물리치기
위해 테이크아웃,
혹은 믹스커피

문제는 이러고 나서도 3~4시쯤 되면 졸음이 쏟아진다는 사실.
그럴 땐 진짜 어찌해야 좋을 지 모르겠다.

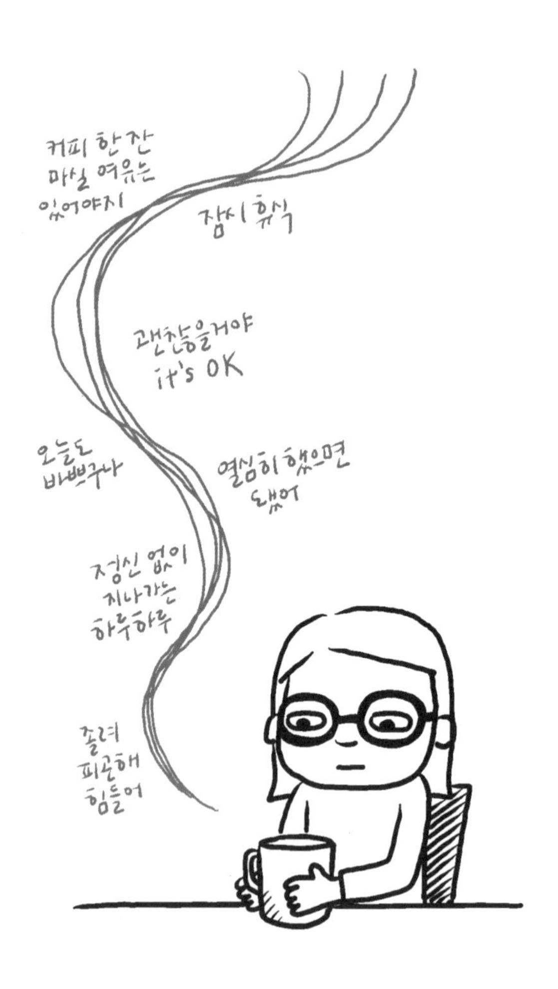

커피를 마시면 잠깐이라도 휴식을 갖는 느낌이다.
심호흡을 가다듬고 거울 한번 들여다보고
머리를 쓸어 내리는 아주 소중한 'me time'.

대단히 까다로운 입맛이 아니라서 커피는 두루두루 다 좋아한다.
아침에 무조건 한 잔 마시고 오후에 그냥 또 마시고, 그러니까
하루에 한두 잔은 기본이다. 집에서는 캡슐 커피를 마시고
밖에서는 여러 카페를 골고루 방문한다. 담백하게 마시고
싶을 땐 아메리카노(나는 당 중독이므로 설탕은 꼭 넣었는데
요즘엔 자제하고 있다), 약간의 느끼함이 필요할 땐 카페라테.
드립 커피를 마시는 것도 좋다. 엄마가 머그잔 가득 타준 인스턴트
커피도 좋고, 사무실에 비치된 믹스 커피도 은근히 매력 있다.

결혼을 하고 아이를 낳고 나이를 먹으니 집에서나 직장에서나
이런저런 책임감이 늘어간다. 그리고 나의 하루하루는 점점
바빠져간다. 매일 그런 것은 아니지만 유독 전쟁 같은 아침이
있다. 그런 날은 출근길에 테이크아웃 커피를 산다.
나를 잠시 붙들어줄 카페인의 따스한 온기를 느끼며 사무실로
모셔와 컴퓨터를 켜고 이메일을 확인하며 조용히 음미한다.
그 잠깐의 시간이, 스스로를 위로하는 시간이 아주 소중하다.

표정은 저따위지만 기분은 아주 좋았습니다.

커피를 주문하고 포인트 카드를 내미는데 매장 직원이 적립된 포인트로 결제가 가능하다고 알려준다. 내가 그만큼 먹었으니 적립된 결과겠지만 어쩐지 공짜로 마시는 것 같아 기분이 좋다. 이래서 사람들이 그토록 사은품, 덤, 보너스, 1+1, 세일, 샘플, 무료 배송에 목숨을 거나 보다. 당연히 나도 그렇다. 이런저런 행사에서 받은 머그잔이 집에 몇 개나 되고 세일 폭이 크다는 이유로 사놓고 입지 않는 옷도 수두룩하다. 화장품 샘플만 모아놓는 바구니도 일종의 상설 기구처럼 존재한다.

다시 커피 얘기로 돌아가자면 누적 포인트로 얻은 커피는 돈 주고 산 것보다 한층 격이 높은 느낌이다. 나의 충성도를 공식적으로 인정받는 순간이랄까. 그렇다. 묵묵하게 의리를 지켜온 내 모습을 적립카드는 지켜보고 있었다.

얼그레이, 레이디그레이, 생강차, 대추차에 이어
유자차까지 사무실에 갖다 놨다.
일하다가 마시는 차 한잔이 참 좋다. 여유를 찾는 느낌이랄까.

생각해보니 나를 기쁘게 하는 것들은 대부분 따끈따끈하다. 뜨거운 커피, 뜨끈한 국물 음식, 치즈가 녹아내리는 샌드위치가 좋다. 티코지를 뒤집어쓴 따뜻한 찻주전자를 좋아한다. 적당히 우린 홍차를 따라 우유와 설탕을 넣고, 스콘과 함께 먹으면 행복하다. 온돌방, 찜질방, 사우나, 불가마가 좋고, 미리 깔아놓아 온기 충만한 이불 속에 얼굴만 내밀고 쏙 들어가 뒹굴다가 잠 드는 게 좋다.
수면 양말이 좋고, 앙고라 털모자가 좋다. 엄마와 소파에 나란히 앉아 담요 하나를 나누어 덮고 드라마를 보는 게 좋다.
군고구마와 호떡이 좋고, 따뜻하게 데운 정종도 좋다.
무엇보다 따뜻한 마음을 가진 사람들이 좋다.

대단히 좋은 와인은 못 마셔봤지만 사회 생활하면서 이런저런
와인을 접할 기회가 종종 있었다. 집에서 마실 와인은 1만원 대로
주로 대형 마트에서 산다. 특별한 날에는 이삼 만원 대로
호기를 부리기도 하지만 허세인 것 같아 자제하고 있다.

고기에는 물론 레드 와인이지만 나는 기본적으로 화이트 와인을
더 선호한다. 화이트 와인은 바다 건너 왔어도 어깨에 힘주는
느낌이 없어 편하다. 가볍고 상쾌하다. 식사에 곁들여도 좋고,
책을 보거나 영화를 보면서 홀짝이기에도 좋다. 여름에는
차가울수록 기분 전환이 된다. 속상한 날 마시면 세련된 언니
앞에서 하소연하는 기분이고, 특별할 것 하나 없는 날 마감주로
마시면 그래도 조금은 위안이 된다. 기쁜 날이라면 당연히 축제다!

와인을 좋아하는데 특히 집에서 마시는 걸 좋아한다.
일단 편하기도 하고 적당히 한두 잔만 마실 수 있어서 딱이다.
집에서 마시면 알코올 중독이 될 가능성이 높다는 주장에 반대한다.

나는 소주도 사랑한다. 차가운 소주 한 병에 칼칼한 번데기탕이면
눅눅한 마음을 그럭저럭 위로해 볼 수 있다. 고깃집에 가도
술은 역시 소주다. 찌개나 전골 같은 국물 요리에도 잘 어울리고
두부김치나 순대볶음과의 조화도 완벽하다.
깔끔해서 탕수육처럼 기름진 음식과도 환상의 궁합을 이룬다.

스물 몇 살, 지금은 기억도 가물가물한데 친구들과 함께 간
종로 뒷골목의 허름한 주점. 지갑은 가벼웠지만 어리고 순진해서
세상 곳곳 신기한 게 많은 때였다. 그날 처음으로 소주에
'술국'이라는 것을 먹었다. 소주처럼 푸근한 술이 또 있을까.
오래된 친구처럼 허물이 없는.

외부 인사들과 회의 후 고깃집 식사

언제부터인지 다들 맥주에 소주를 말아 '소맥'이라는 것을 먹지만
나는 술을 섞어 마시면 안 되는 체질이다. 그래서 그냥
소주를 마시겠다고 하면 다들 술꾼으로 본다. "왜일까요?"

내가 미쳤지.

한동안 잊고 산 드라마의 중독성을

'응답하라 1988'로 깨달음.

급기야 판도라의 상자를 열고야 말았...
여성 지인들이 입을 모아 강추하는 '태양의 후예'를 영접하고
송중기 님의 매력에 다이빙함.

직장과 육아에 치여서 한동안 TV 볼 시간이 거의 없었다.
사람들이 드라마 얘기를 할 때 “전 드라마를 안 봐서요”라고
어쩐지 으스대며 말하기도 했다.
그러던 내가 드라마 한 편에 무장해제 되었다.

‘아, 그렇군요.
드라마가 이렇게
재미있고
아름답고
인간의 감정을
쥐락펴락하는 것이었군요.
그동안 잘난 척해서 미안합니다.
깊이 사과 드립니다.
보는 내내 정말 행복했습니다.
100% 진심입니다.’

저게 외국으로 보여?
태백이래 태백.
세트장임.

저거 멋있어?
CG래.

저런 상황은 실제로
절대 있을 수 없음.
100% 비현실.

와아 유치뽕!
어이구 저걸 대사라고..

어젯밤 애들을 재우고 '태양의 후예' 보는데,
남편이 굳이 같이 보면서 계속 쓸데 없는 정보를 제공.
남편이 아니라 웬수지 말입니다.

현실성 전혀 없는 드라마를 왜 보냐는 사람들이 있다.
그러면서 대사가 유치하다는 둥 설정이 어이 없다는 둥
말들이 많다. 드라마에 빠진 일인의 여성으로서 내 생각은 이렇다.

기본 베이스 : 스토리가 완벽하지 않거나 현실에선 있을 수 없는
상황이 자주 발생하는 것은 전혀 대단한 일이 아니다.
드라마의 남자 주인공 같은 사람이 이 세상에 존재하지 않는 것
또한 유난 떨 일이 아니다. 남자 주인공의 외모, 옷차림, 생각,
내뱉는 말까지 총체적으로 비현실적이라는 것을 인정한다.
하지만 그래도 괜찮다. 내가 원하는 것, 내가 필요로 하는 것이
바로 판타지이므로. 현실 속의 남자는 세상에 셀 수 없이
많지 않나. 나 또한 현실 속 여자일 뿐인 것을.
팍팍한 일상에서 억척스럽게 버티기 위해선 꿈같은 요소가
조금은 가미되어야 하는 것이다.

결론 : 드라마는 직업, 경제 수준, 국경과 상관 없이 많은
시청자들에게 위안을 주는 아주 훌륭한 종합 예술 장르다.
드라마를 만드는 모든 관계자 분들을 응원한다.

그나저나 송중기님은 정말 비현실적인 얼굴이지 말입니다
(물론 괜찮습니다).

스토리가
말이 되는 것도 아니고
걸핏하면 죽다 살아나고
어이 없는 설정이
꽤 많은데도 보는 것을
멈출 수가 없어..
'태양의 후예'의 중독성에
대해 생각해 볼 필요가..
① 송혜교의 매력 +
오랜만이라 매우 반가움
② 송중기의 비현실적 외모 +
깜찍함 + 군복 간지 등등 ← 끝이 없다
③ 아름다운 영상, 배경
④ 달달한 대사, 밀당, 긴장감
⑤ 내 인생에 다시는
오지 않을 가슴
두근거림과
설레임
⑥ 사랑에
빠졌던 시절
(오래전)에
대한 리마인더,
내게도 그런
추억이 있었음을
기억하게 해 줌

드라마 한 편 끝났다고 이렇게 허전할 줄이야.

나를 버티게 하는 힘 : 좋아하는 연예인(즉, 남자/미남/매력풀풀) 사진 보기.

예전에는 영화나 드라마를 보고 마음에 드는 연예인이 있어도
“그 배우 괜찮은 것 같더라” 정도였다. 이상형에 대한
대화에서나 언급할까 연예인에 대해 들뜬 목소리를 내는 일은
거의 없었다고 봐야 한다.
그런데 요즘에는 좋아하는 연예인이 있으면 자꾸 나도 모르게
이 사람 저 사람에게 좋다고 말하고 다닌다. 뿐만 아니라
인터넷으로 연관 기사를 찾아보고 사진도 넋 놓고 구경한다.
TV를 향해 친근하게 인사하거나 손을 흔들기도 한다.
아이스크림 가게에 붙어있는 포스터 앞에선 어떻게 한 장
확보할 순 없을까 잠시 고민한다.
걱정이다. 컴퓨터 모니터를 향해 흐뭇한 표정으로 웃고 있는
모습을 회사 사람들에게 들킬까봐.

'언니들의 슬램덩크'를 유쾌하게 봤다.
각자 노력하는 모습이 참 보기 좋다.
짜증내며 입 다물라는 가사도 좋았고.

로맨틱 코미디를 무척 좋아한다.
아카데미상은 비켜가는 장르지만 나는 너무너무 좋다.
팍팍한 이 세상에 반드시 필요한 진정 멋진 아트라고 생각한다.

뭔가 중대한 메시지를 체크하는 중...

인 것 같지만 사실은 웹툰 보는 중.
아껴보는 웹툰이 업데이트 되면 잠깐이지만 매우 기쁘고 설렌다.
그리고 시즌이 끝나면 후기를 보며 아쉬워한다.

저녁 약속이 있어 시간을 비워두었는데
약속이 미뤄졌다.

확보한 시간이 아까워 비를 뚫고 광화문으로 진출,
교보문고에서 나홀로 데이트.
찬찬히 마음껏 신간을 구경하고 세 권이나 샀다. 행복하다.

역시 공연은 여자들끼리 가야 제맛이다.
감정을 있는 대로 몰입하며 폭풍 공감하고
끝난 후에는 공연 품평을 시작으로 거하게 수다 한판!

여자들이 함께 하면 즐거움이 배가되는 일이 많다.
같이 공연이나 영화를 보는 것 외에도 쇼핑하기, 미용실 가기,
드라마 보기, 먹기, 카페에서 놀기, 사우나 가기, 손톱 바르기
등이다. 이럴 때 여자들은 뭘 하든 거의 끊임 없이 먹는다.
밥을 먹고 디저트를 먹고 커피를 마시고 간식을 먹고, 말하고
웃느라 입이 정신 없이 바쁘다. 쇼핑의 목적이 옷을 사는
것일 수도 있지만 여자들은 이럴 때 함께 돌아다니고 입어보고
서로를 봐주면서 많은 대화를 나눈다. 식사를 하고 차를 마시는
와중에 근황을 전하고 속사정을 털어놓고 고민을 드러내고
공감을 하고 위로를 해준다. 재미있는 얘기를 하며 소녀처럼
깔깔대기도 하고, 힘든 얘기를 털어놓으면 함께 울기도 한다.
그러면서 사이가 돈독해진다.

가끔 이런 풍부한 감성을 여성 고유의 결함처럼 말하는
사람이 있는데 동의하지 않는다. 이해심과 공감 능력이야말로
현대 사회에 꼭 필요한 미덕이다.

마음이 맞는 여자들끼리 모이면 즐거운 기운이 대단하다.
시너지가 폭발한다. 많이 먹고 많이 말하고 많이 웃는다.
그리고 또 하나 재미있는 건 여자끼리 만날 때도 외모에 신경을
쓴다는 점이다. 이왕이면 예쁜 모습을 보여주고 싶어한다.
일부러 신경 쓴 것 같지 않으면서도 유행에 뒤쳐지지 않은 차림을
하려고 노력한다. 그즈음 미용실 갈 타이밍을 오랜 기간 놓쳤다면
단정하게 묶기라도 하고, 은은하게 화장을 하고 나가 서로에게
"어머, 예쁘다, 피부 좋다"며 칭찬해준다. 절대로 경쟁을 하는
것이 아니다. 그것은 그러니까 좋아하는 사람 앞에서
잘 보이고 싶은 소녀 같은 마음이다.

백만 년 만의 저녁 약속에 무척 들떠
혹시 퇴근 무렵 회의가 잡힐까봐 전전긍긍.

나이를 먹으면 여자들끼리 뭉쳐 노는 게 그렇게 재미있다더니
진짜 그런 듯. 아쉽게도 멤버 셋 중 한 명은 못 왔지만 그녀의 몫까지
먹어가며 수다수다 and more 수다수다. 아웅 즐거웠어용.

따끈한 물에 티백을 우리다 보면 불쑥 목욕탕에 가고 싶다는
생각이 든다.
내가 선호하는 목욕탕은 요즘에는 '스파'라고 불리는 여성 전용
찜질방이다. 특히 불가마가 있는 곳. 조용할수록 좋다.
'여성 전용'이 중요한 이유는 일반 찜질방보다 훨씬
덜 부산스럽기 때문이다. 아이들을 데리고 오는 사람이
거의 없어서 쾌적하게 쉴 수 있다. 다양한 테마의 탕과
찜질방이 있고 불가마도 있고 네일 숍도 있고 마사지실도 있고
식당도 있어서 시간과 돈만 있으면 하루 온종일도 놀 수 있는
준파라다이스 같은 곳이다.
심신이 지친 어느 날, 주중에 조용히 휴가를 내고 찜질방에
간 적 있다. 출근하는 것처럼 똑같이 집에서 나와 카페에서 빵과
커피로 느긋하게 아침을 먹고 찜질방에 갔다. 탕과 사우나를
들락날락하면서 뼈 마디마디의 긴장을 풀고 뭉친 근육을 달래주니
어느새 머리도 조금은 맑아지는 것 같았다. 무엇보다 컴퓨터와
인터넷과 스마트폰으로부터 해방될 수 있어서 좋았다. 밥도 먹고
수면실에서 잠도 자고 목욕을 또 하고 오후 늦게 나왔다.

굉장히 보람찬 하루였다. '나만의 스파 데이' 강력 추천.

따땃하니
좋네..
스파 매니아
Miss Hong Cha
TWININGS

뜬금 없는 칵테일 얘기

일단 진토닉.
캐나다로 이민을 간 후
소주파였던 아버지가
소주를 그리워 하시며
진토닉, 위스키소다를 드셨다.
그리고 내게도 이런 칵테일로
술을 가르치셨다(나는 양주를
마시는 것만 빼면 모범생
고딩이었다).

진+토닉워터
(레몬: 있으면
좋고 아니면 스킵)

블러디메리.
이건 순전히 내가
스스로 마셔 보고 좋아진
칵테일인데 피곤할 때
마시면 위로가 되는
느낌이 있어서 예전에는
출장 중에 종종 마셨다.
(그래서 중국어로 주문하는
법도 배웠다: yibei
xuè mǎlì).

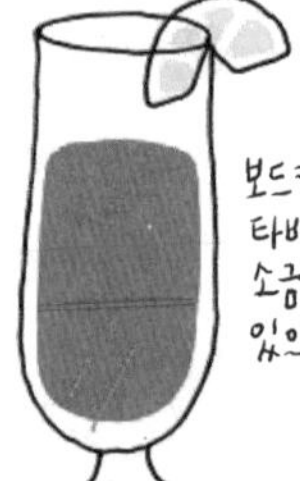

보드카+토마토주스+
타바스코·우스터소스+
소금·후추(레몬은 역시
있으면 굿)

블러디시저.
캐나다에서는 블러디메리
보다 훨씬 인기있는 칵테일.
(하지만 캐나다 밖에서는
본 적이 없어 매우 놀랍다—
맛있는데 왜지?)
셀러리 스틱을 와삭와삭
씹어 먹으면서 마시는
내숭 거부 칵테일이다.

블러디메리와
같지만 토마토주스
대신 클램토마토주스
(CLAMATO)를 넣고
셀러리 스틱을
꽂아 장식

뭔가 다른 것을
마시고 싶다고 생각될 때
시키게 되는 모히토.
마트에서 믹스된 것
(병으로 판다)을 사서
얼음에 부어 마셔도
나쁘지는 않다
(특히 더운 여름 오후).

럼+라임주스+
탄산수·설탕 등
+민트 잎

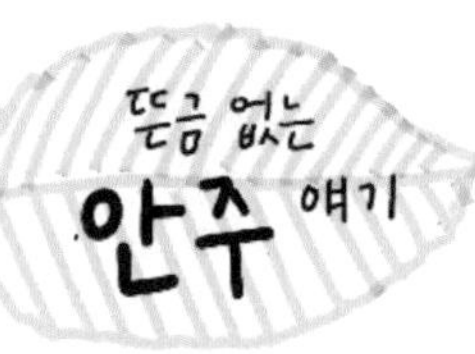

집에서 종종 끓여 먹는 번데기탕.
파, 양파, 고추를 잘게 썰고
고춧가루, 다진마늘, 간장을 넣어 보글보글.

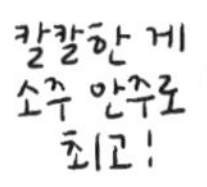

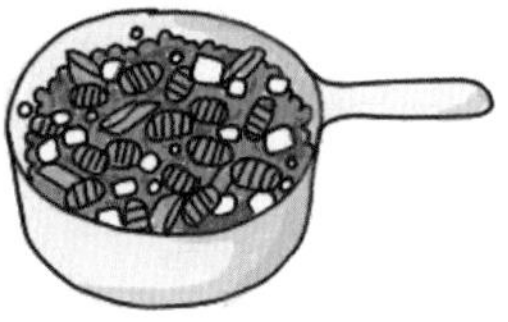

회!
무슨 말이 더 필요함?
소주, 청하, 드라이한
화이트와인과도 잘 어울린다.

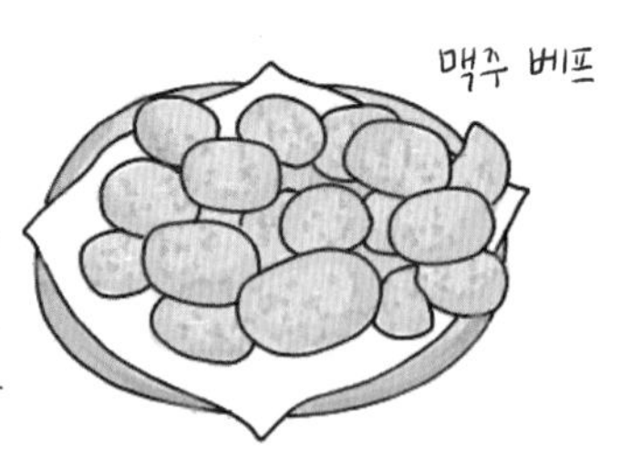

오븐 팬에 유산지 깔고
마트에서 사온 나초 넉넉히,
그리고 그 위에 피자 치즈,
올리브, 양파, 파프리카 잘게
썰어 휘리릭 뿌린 후 치즈가
녹을 때까지 오븐 고고.

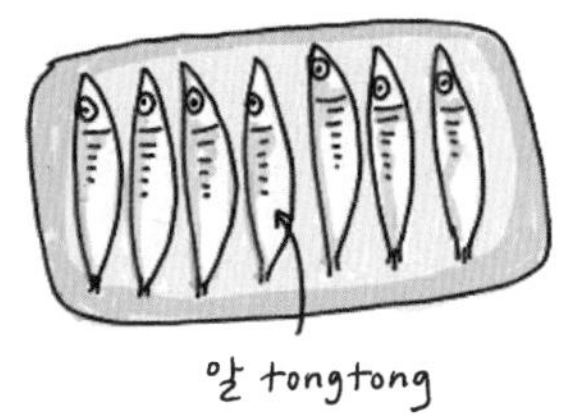

열빙어 구이.
정종, 소주, 맥주와
잘 어울리는 담백한 안주.

하루하루를 분리해서 생각해보면 지루한 일상의 반복일지라도
세월은 빠르게 지나간다.
사회 생활 초장기 때는 새로운 일을 지시 받으면
어떻게 해야 할지 잘 몰라 늘 안절부절했다. 시야가 좁아
한 가지에 매달리면 다른 것은 보이지도 않았다.
그러니 한꺼번에 여러 가지 일이 주어지면 머릿속엔 카오스가
도래했고 놓치는 것도 많았다. 나중에 다시 해야 하거나
수정해야 하는 상황이 심심찮게 발생했다.
애초부터 소심한 태생인지라 새로운 일이 주어지면 여전히
걱정부터 한다. 필요 이상으로 두려워하지 않게 된 것은 최근에야
가능해진 일이다. 임기응변은 아직도 서툴지만 갑작스런 상황에
대처할 수 있는 능력이 조금씩은 상승하고 있는 것 같다.

흠…, 실은 점점 능구렁이가 돼가고 있는 것 아닐까.

딱히 우울증이 있는 것도 아닌데도 때때로 아침에 일어나기가 정말 싫다. 갱년기가 되면 어쩌려고 벌써부터 이러는지.

어느 날의 아침 :

1 눈은 떠졌는데 일어나기가 싫다. 잠이 오는 것도 아니다.
그냥 일어나기가 싫다. 세수를 하고 양치를 하고 화장을 하고
머리를 빗고 옷을 입고 출근할 준비를 해야 한다는 것이 싫다.
똑같이 반복되는 일련의 일들을 매일 해야 한다는 사실이
갑자기 참을 수 없다.

2 몸이 안 좋아서 이러는 게 아닐까 하는 의심이 든다.
만약 아픈 거라면 회사에 안 가도 되는 명분이 선다.
아, 아프고 싶다. 하지만 나는 안다. 아픈 곳이 어디에도 없다는
사실을, 컨디션도 그럭저럭 평소와 비슷하다는 사실을. 젠장.

3 로봇이나 캡슐형 기계 같은 것이 있어서 내가 거의 움직이지
않아도(그리고 수평 상태를 유지하는 와중에) 얼굴을 씻겨 주고
머리를 감겨 주고 말려 주고 화장까지 해 주면 좋겠다는 생각이
든다. 실리콘 밸리여, 제발 이런 기술을 연구하란 말이다!

4 더 누워있다가는 진짜 지각할 것 같은 시점에 급기야
이불을 박차고 일어난다. 내 월급은 소중하니까요.

집을 나설 때까지만 해도
괜찮았는데...

회사가 가까워올수록
머리가 무거워진다.

출근길. 머릿속은 오늘 해야 할 일거리, 어제 마무리 못한 잔무,
오전에 있을 회의 안건 등으로 가득하다. 발걸음이 가볍지 않다.
문득 카페인이 필요하다는 생각이 든다. 커피 한 잔이 절실하다.
회사까지 가는 길에는 카페가 참 많다. 대한민국이 언제부터
이렇게 커피공화국이 된 걸까 싶을 정도로 카페 지뢰밭이다.
몇 개의 카페를 겨우 지나쳤지만 나라는 인간은 의지가 약하다.
어느새 평소 즐겨 찾는 카페로 들어가고 있다. 카페 방문 횟수를
줄여보겠다고 다짐한 게 겨우 이틀 전이다.

그러자 갑자기 시작된 나의 합리화 :

'커피 한 잔이 뭐 그리 대수라고.'
'피곤하고 지칠 때 제대로 뽑은 커피 한 잔은 필수지.'
'고작 커피값 모아서 뭘 하겠어.'
'하루 커피 한두 잔은 건강에 좋다더라.'

커피 값도 아껴야 한다는 어느 FC의 조언을
나는 오늘도 흘려 보냈다.

다양한 이유를 근거로(혹은 아무런 이유도 없이) 출근하기 싫은 날이 종종 있지만 비가 많이 오는 날은 특히 집에 있고 싶다. 비가 오는 날에는 출근 길에 분명히 옷과 신발이 젖고 머리가 부스스해지며 우산을 들어야 하니 팔도 아프다. 장화가 편하지만 퇴근 전 비가 그쳐버리면 어색해진다. 그래서 늘 장화를 신을까 말까 고민한다. 젖는다고 해도 구김이 심하지 않고 금방 마르는 옷이 뭐가 있더라. 옷장을 스캔한다. 적당한 옷 따위는 없다. 빗소리를 듣고 있자니 한없이 피곤해진다. 다시 이불 속으로 기어들어가고 싶다. 친절하고 따뜻한 이불이 나를 부른다. 엎드려서 만화책이나 보면 오늘 하루가 얼마나 보람 찰까. 생각해보니 어렸을 때도 그랬다. 장마철에는 휴교령이 내렸으면 하고 땅이 꺼져라 한숨을 내쉬며 억지로 학교에 갔다.

사람은 쉽게 변하지 않는 모양이다.

오늘의 잡생각 :

1년에 한 번쯤 비가 온다는 이유만으로

휴가를 쓸 수 있다면 참 좋겠다.

회사에 도착해서 앉자마자 컴퓨터를 켜고
이메일부터 확인하려는데 상사로부터 업무 지시를 받는다.
아직 근무 시간까진 15분이나 남았는데….
하지만 마음과 달리 몸은 어느새 표정 관리를 마치고
"네, 알겠습니다" 소리가 바로 나온다. 커피는 이제 겨우
두 모금 마셨다. 이때를 기점으로 커피 맛이 아주 미세하게
떨어진다. 그래도 지시 받은 일부터 재빨리 처리한다.
월급은 공짜가 아니니까.
회사는 학교도 아니고 사교 클럽도 아니다. 입사 때 맺은 계약대로
나는 내가 가진 능력을 최대한 발휘해 조직에 도움을 줘야 한다.
적어도 그러기 위해 노력해야 한다. 능력이 모자라면 성의라도
보여야 한다. 미적미적 시간만 때우고 월급 받는 것은 비겁하다.

그리고 기억해야 할 또 한 가지 : 기준은 언제나 내가 아니라
조직이다. 조직에 나를 맞춰야 한다. 어떻게 해서든지.

사회 생활을 잘 하기 위해서는 얼굴이 두꺼워야 유리하다.
그러나, 그렇게 타고 난 사람은 거의 없고
대부분 꾸준한 노력과 담금질로 두께를 늘려가는 것이 일반적인데,
이도 뜻대로 되지는 않는다.

이런 날도 있고

출장 중 어느 날 아침 6:15 am.

로션 바르며 컴퓨터 켜고 마스카라 칠하며 자료 찾고 출력하면서 스타킹 신고 자료 전달 후 다시 방으로 와서 머리 말리는데 또 호출. 다 좋은데 호텔 조식을 못 먹은 게 서러워. 엉엉~

저런 날도 있다.

직장 생활을 하다 보면 때로는 나와 전혀 상관이 없는 일로도 혼이 나는 경우가 있다. 하필 그때 그 자리에 있었다는 이유만으로 깨지는 것이다. 화가 난다기보다... 그냥 조금 피곤해진다.

또, 이런 날도 있고

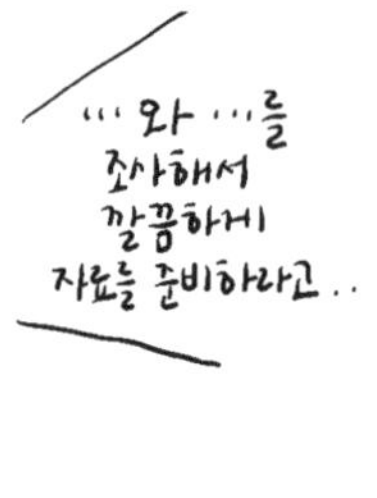
…와 …를
조사해서
깔끔하게
자료를 준비하라고..

아, 네.
언제까지
필요
하십니까?

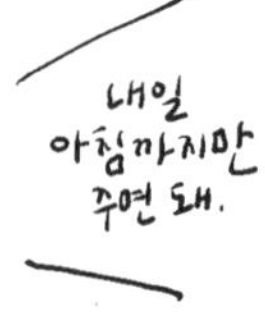
내일
아침까지만
주면 돼.

~~내일 아침? 장난하세요?~~
~~야근을 해도 그렇게는 안 될텐데?~~
~~저 일이 넘치거든요?~~
~~그렇지 않아도~~
~~맨날 야근~~…
네, 알겠습니다.

저런 날도 있다.

먹고 살기가 쉽지 않다.

원만한 사회 생활을 위해 적극적이고 외향적인 성격이면
좋겠지만, 불행히도 나는 천성이 내성적인데다 무척 소심하다.
어릴 때는 아주 친한 사이가 아니면 말도 잘 못했다.
그래서 친구가 별로 없다. 엄마가 "나가서 놀아라" 하시면
어쩔 줄 몰라 했다. 방구석에서 책을 보고 그림을 그리며
혼자 노는 게 세상에서 제일 좋았다.
어른이 되어 사회성이 어쩔 수 없이 조금 늘었지만
여러 사람을 만나고 함께 일해야 하는 상황은 늘 불편하다.
일은 많든 적든 해치우면 되는데 인간관계는 그런 게 아니다.
항상 어렵다. 외향적이고 털털한 성격이라면 얼마나 좋을까.
관계도 원만하고 프레젠테이션도 매끄럽고 어느 누구와
전화 통화를 해도 자연스럽고 어디서든 분위기를 리드하는
사람을 보면 진심으로 부럽다.

좌우지간 사회 생활을 꾸준히 하다 보니 폐쇄적인 성격이
조금은 보완돼 상황에 따라 적절한 가면을 뒤집어쓰는 일이
어느 정도는 가능해졌다. 이런 걸 보고 '내공이 쌓여간다'고
하는지도 모르겠다.

오랜 사회 생활로 나는 두 얼굴의 여자가 되었다.

경력이 쌓여서 좋은 점 :

(1) 할 수 있는 일이 많아진다.

(2) 안 해본 일도 대충 한다.

(3) 웬만해서는 당황하지 않는다.

(4) '야매'의 위대함을 믿게 된다.

졸업을 하고 처음 직장인이 되었을 때는 힘들고 어렵고
모르는 게 많고 혼란스러워 화장실에서 숨어 울거나 집에 와
우는 일이 많았다. 흐르는 눈물을 주체할 수 없을 때는
누가 볼까봐 모니터에 얼굴을 붙이고 훌쩍였다.
세월이 흘러 나이를 먹고 경력이 붙었지만, 그렇다고 해서
사는 게 덜 힘든 건 아니다. 아직도 어렵고 여전히 모르는 게 많다.
세상은 넓고 변화무쌍해서 아무리 배워도 배울 것이 끝이 없다.
그래도 지금은 어른다워야 할 것 같아 아주 가끔씩만 혼자 운다.
그동안 나는 꽤 발전한 것 같다. 대견하다. 아하하하

직장에서 주어지는 일이 늘 재미있을 수는 없다.
가끔은 눈을 치우는 심정으로 묵묵히 해치울 수밖에.
그리고, 그러다 보면, 언젠가는 깨끗해진다.

... 때로는 의외로 뿌듯한 경우도 있다.

일을 하다가 잠시 휴식을 하고 싶을 때면 여행을 떠나는 상상을 한다. 내게 1주일, 2주일, 혹은 한 달이라는 시간이 주어진다면 어디로 떠날까? 가기 전에는 숙소와 맛집 검색을 해야겠지. 아무리 인터넷에 정보가 많다고 해도 가이드북은 꼭 사야 하고. 잠깐 동안이지만 생각만으로도 마음이 훨훨 날아간다. 나의 경우, 이런 상상을 할 때 매우 중요한 것은 '어떤 책을 가지고 갈 것이냐'다. 소설, 에세이, 만화책을 황금 비율로 섞어야 한다.

파리에 가면
오르세미술관부터..
그리고 남부 프랑스도
가보고 싶다.
와이너리 근처에서
하루쯤 묵을 수 있다면..
(비싸겠지?)

엄마 모시고
퀘벡에 가면 좋겠다.
B&B에서 묵으면
운치있지 않을까?
사진도 많이 찍고.

추운 겨울에
북해도에 가고 싶어.
눈이 펑펑 오는 날
오래된 식당에서
따끈한 술을
마시면 근사하겠다..

헬싱키 이후로
북유럽을 좀 더 알고
싶어졌어..
스웨덴이나 노르웨이도
가 보면 좋겠다..

여행은 상상만으로도 기분이 좋아지는 것.

사회 생활을 오래 하다 보니 '촉'이라고 해야 할까, '감'이라고
해야 할까, 뭐 그런 것이 생기는 것 같다. 뭔가 일이 터졌는데
'어어어, 저거 나한테 올 것 같아, 어떻게 해, 어떻게 해…' 하면
결국 그게 나한테 오더라. 그래도 야근을 안 하고 퇴근을 하면
기분이 좋다.
일이 너무 좋아 일 속에 푹 빠져 사는 사람들이 있고,
성공한 사람의 자서전을 봐도 일에 미쳐 살았다거나 일하느라
세월이 어떻게 흘러갔는지 모르겠다는 내용이 꼭 등장한다.
나는 그런 타입의 인간이 아니다. 즐겁게 일하려고 노력하고
일이 재미있을 때도 많지만, 하기 싫은 일은 그냥 하기가 싫다.
그래서 주말도 없이 일하는 사람들을 이해할 수 없다.
진정한 행복을 위해서는 'work-life balance'를 유지해야 한다고
생각한다. 이론적으로는 쉬운데 현실에서는 그렇지 않지만.

퇴근할 때 밖이 환하면 기쁘다.
나의 하루가 아직도 많이 남아있는 것 같고
아무리 중요해 보여도 직장은 내 인생의
일부분일 뿐이라는 증거 같기도 해서.

지난 날을 회상해보면 순수함과 열정은 그립지만, 반면에
경험이 부족했고 모르는 게 많아 미숙했던 점은 안타깝다.
특히 어렸을 때는 '사람 보는 눈'이 없어서 전혀
공감할 수 없는 사람과 어울려 시간을 허비하기도 했다.
나를 이용하려는 사람에게 끌려다니다가 지치기도 했고
사람을 선불리 믿었다가 마음 상한 일도 종종 있었다.
더 이상 젊지 않아 좋은 점 한 가지라면 사람들이 하는 말보다
그들의 눈을, 마음을 조금씩 읽기 시작했다는 것이다.
아직 갈 길이 멀지만 진실한 사람과 그렇지 않은 사람을
분별하는 능력이 조금씩 생기고 있다.

십 년 혹은 이십 년쯤 지나 이 글을 읽고 "웃기고 있네"라고
말할지도 모르겠지만.

'사람 보는 눈'이라는 것이 아주 조금씩 자라는 것 같다.

우연히 길의 '냉장고'라는 노래를 들었다. '냉장고라니? 양문형 냉장고? 김치 냉장고? 그러니까 냉장고가 뭐?' 하면서 가사를 듣는데, 듣고 보니 알콩달콩한 젊은이들의 사랑 얘기였다. 정확히는 소꿉놀이처럼 풋풋한 연애를 하다가 헤어진 후의 이야기. 양쪽 모두 너무 슬퍼서 어쩔 줄을 모른다.

'… 그래 사랑이란 진짜 미친 짓인가봐. 너 하나 때문에 밥도 못 먹는 날 보면 …'

오 마이 갓! 내게도 있었다, 그런 시절이. 밥은 고사하고 물도 넘길 수 없던 젊은 날이. 시련을 겪으니 살도 쭉쭉 빠져 치마가 휙휙 돌아갔다. 무슨 짓을 해도 살이 절대 빠지지 않는(특히 뱃살) 지금과는 달랐다. 한끼라도 거르면 큰 일 나는 아줌마가 아닌 상처 받으면 집안에 숨어 이틀씩 굶던 이십 대의 내가 있었다. 이젠 도저히 믿기지도 않지만.

만나던 사람과 헤어졌다는 이유로 식음을 전폐하고 잠시라도 칩거에 들어갈 열의가 있다면 그건 젊다는 증거다. 사랑은 모두에게 중요하지만 청춘에겐 특히 더 중요하다. 그들은 운명의 짝을 찾아 이리저리 헤맨다. 사랑에 빠지기도 하고 지치기도 하고 실연을 당하기도 하고 변심하기도 하고 양다리를 걸치기도 한다. 전혀 맞지 않는 사람에게 목을 매기도 한다. 연애가 잘 안 되면 죽네 사네 소설을 한 편 쓴다.

어찌되었든 사랑에 대한 내 생각은 이렇다 :
이 세상에 사랑만큼 중요한 것은 없다. 몇 번을 실패한 후에야 진정한 내 짝을 찾는다고 해도, 그 과정이 겁나게 험난하다고 해도 믿어야 한다, 사랑을.

"Do you believe in love?　　I do."

문득 그런 생각이 들었다.

... 사랑에도 유통 기한이 있는 걸까?

이십 대 때 내가 가장 사랑했던 영화는 '중경삼림'이다.
조각처럼 잘 생긴 배우 금성무가 연인에게 채이는데,
그녀를 못 잊고 전전긍긍 계속 기다린다(아니, 그런 퍼펙트한
외모의 남자를 어떻게 그토록 불쌍한 역할로 캐스팅했을까.
실로 어이가 없는 설정이지만 매력남도 가끔씩 싱글일 수 있다는
희망을 심어줄 수 있으니 그런 측면에서는 값진 영화다).
그때부터 그는 헤어진 지 한 달이 되는 날이 유통기한으로 찍힌
파인애플 통조림에 집착한다. 그날까지 사랑하는 여자가
오지 않으면 잊겠다고 결심한다.
그녀는 돌아오지 않는다. 잘생긴 남자는 얼굴 한가득 슬픔을
머금고 통조림 속 파인애플을 먹는다. 그러더니
비를 맞으며 달리기 시작한다. 빗물과 눈물과 땀이 뒤범벅된
장면에서는 마음이 짠하다.

'사랑에 유효 기간이 있다면 만년으로 하고 싶다'고 했던가.
아, 그 당시의 금성무는 정말 조각남이었다.

영화, 드라마, 소설, 만화, 웹툰까지도 대부분 메인 스토리 라인의
주인공은 젊은 남녀다. 당연하다. 사랑을 찾아 헤매는 일은
무척이나 험난하고 가슴 설레는 과정이므로
청춘 특유의 풋풋함으로 화사하고 신선하게 만들어야 제맛.

영화나 드라마에 꼭 빠지지 않고 나오는 게 러브 스토리다.
남녀가 사랑을 이루어가는 과정이 어찌나 절절한지
보는 내내 설레고 가슴이 뛴다. 더욱이 주인공 대부분은
젊고 머리숱도 많고 피부도 좋다. 어설픔이 있다면
오히려 그게 상큼한 매력 포인트. 마트의 유기농 야채 코너처럼
모든 게 바람직하고 싱싱하다. 반대로 사귄 지 오래되었거나
오래 산 커플에 대한 얘기는 별로 없다. 이야기의 피날레는
거의 항상 결혼이다.

이해한다. 사랑했던 사람들이 결혼하고 나서 얼마나 싸워대는지,
또 그 싸움의 이유가 얼마나 유치한지, 그런 것들을 알고자 하는
사람은 없을 것이다. 멀쩡한 세탁 바구니를 눈앞에 두고도 양말을
아무데나 벗어놓는 네안데르탈인이 내가 한때 그토록 사랑했던
바로 그 남자라는 기가 막힌 사실은 현실로도 충분하다.

내 남편은 한결 같은 남자다.

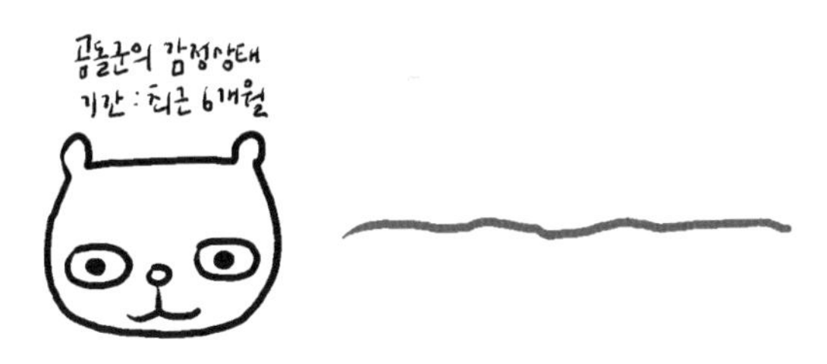

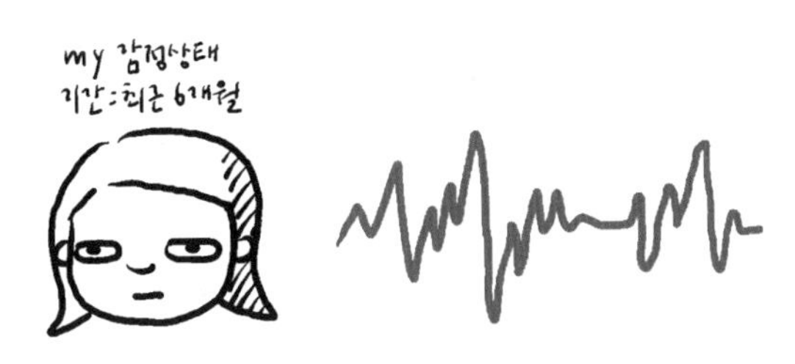

그래서 좀 짜증이 난다.

다들 이러고 사는 걸까 1 :

크리스마스 즈음 분위기가 좋은 프랑스 식당에서 단둘이
저녁을 먹었다. 시즌이 시즌인 만큼 커플들이 많았다.
다들 이마를 맞대고 도란도란 얘기 나누며 와인잔도 기울이고
웃음 소리가 끊기지 않는데, 남편은 고개도 들지 않고 후다닥
음식을 먹어 치우고는 말 없이 멀뚱멀뚱 앉아 있는 것이었다.
'저 인간은 왜 저따위로 생겨 먹었을까. 내가 왜 저런 멋 없는
인간이랑 결혼을 했을까' 하고 쳐다보고 있었더니
"양이 좀 적지? 뭐 하나 더 시킬까?"

다들 이러고 사는 걸까 2 :

주말이라 귀찮기도 하고 모발도 상하는 것 같아 머리를 감은 후
드라이를 안 하고 남편과 외출을 한 적 있다. 그랬더니 남편이
"마누라 머리 말이야… 곱슬대니까 진짜 아줌마스러운 것 같아"
하고 지적을 하는 것 아닌가.
왜 남자들은 아내가 '아줌마'가 되는 것을 싫어할까?
그분들을 만나서 아줌마가 된 것을 가지고 말이다.
남편에게 본인의 아저씨스러움에 대해서는 진지하게 생각을
해본 적 있는지 묻고 싶다.

쩝쩝

얌냠

짭짭

와구와구

퇴근 시간이 비슷하길래 집 앞에서 남편을 만나 간단히 저녁을 먹었다. 우리는 원래도 말이 별로 없는 편이지만 점점 더 할 말이 없어지는 것 같다. 가끔은 '다들 이렇게 되는 걸까?' 싶다.

남편은 내가 따라오는지 보지도 않고
휘적휘적 빠른 걸음으로 걷는다.
같이 좀 가자고 잔소리를 하면
"내가 뭘?" 그런다. 누가 봐도 부부다.

자상한 남자들의 특징인지
뭔지 잘 모르겠지만 세심하고
가정적인 건 좋은데 잔소리가 많다.
이번 주말에는 특히 평소보다
레벨 업이었던 느낌.

잔소리 대마왕이기는 하지만...
'내꺼'라서 소중합니다.
(뭔가 마무리가 이상하지만)

가끔 싱글인 사람에게 결혼을 하는 것이 좋겠냐는 질문을 받는다.
갑자기 기혼자를 대표하는 입장이 되는 것 같아 긴장되지만,
그럴 때 출산 등 여러 가지를 고려해 주로 결혼은 하라는
쪽으로 조언한다. 하지만 결혼을 한다고 다 좋은 건 아니다.
여자에게 있어 결혼의 가장 큰 단점은 '시댁'이 생기고 '며느리'가
된다는 점이다.
그래서 말인데, 결혼은 할 수도 있고 하지 않을 수도 있는 것 같다.
결혼이라는 틀이 전혀 안 맞는 사람도 분명히 있다.
그리고 결혼을 하고 애를 낳았다고 매 순간 기쁜 것도 아니다.
결혼 유무와 상관 없이 인생은 때때로 외롭다. 게다가 육아는
어마무시하게 힘들다. 분유나 기저귀 광고를 믿지 마라.
더욱이 대부분의 가정에서 가사와 육아에 대한 부담은
남자보다 여자에게 더 많이 주어진다. 불공평하지만 아직까진
그것이 현실이다.

다시 정리하면 결혼은 개인의 선택이다.
이 점을 존중해야 할 것 같다. 본인의 선택이 뭐가 되었든 남에게
강요하거나 비교해서 말하거나 잘난 척해서는 안 된다.

남자들은 참 부럽다. 단순해서.

명절음식 레퍼토리가
정체된 것 같은데
뭔가 새로운 것 없을까?
New함과 동시에
만들기 쉬운 메뉴!
음..
인터넷 찾아보자..
일단 시아버님이 좋아하시는
녹두전을 부치고 나서
대구전과 호박전..
참치세트 들어왔는데
활용해볼까..
동그랑땡? 고추전?
고기도 한 가지 있어야지..
갈비? 불고기?

늘 혼자 명절 음식을 준비한다. 누가 도와주는 것도 아니라 일부러 시댁에 갈 필요 없이 내 집에서 편하게 해간다. 익숙해지니 그럭저럭 할 만하다.

나를 있게 해준 가족도 있지만 결혼과 출산을 통해 내가 만든 가족도 있다.
서로 남남이던 사람들이 만나 가족이 된다는 것은 평범한 일 같아 보여도 실은 대단한 사건이다. 이 넓고 넓은 세상에서 어떻게 한 사람을 만나 사랑에 빠지고 평생을 함께 하기로 서약까지 한단 말인가. 생각할수록 대범하고 극적인 일이다.
그러나 가족이 되었다고 해서 서로에 대해 모든 것을 알 수는 없다. 태어날 때부터 가족이었던 사람도 그렇지만 결혼을 통해 식구가 된 사람은 더더욱 그렇다. 세월이 쌓이면서 아는 것이 점점 누적되기도 하지만 정작 중요한 것은 모르는 경우도 많다.

그럼 뭐 어떤가. 서로에 대한 기대치를 낮추고 지나치게 구속하지 않으면 편하게 살 수 있지 않을까.

결혼에 대한 매우 현실적인 기사를 읽다가 생각해보니,
나는 어느 순간부터 '사랑은 운명'이라는
믿음을(한때 굳게 믿었던) 버리고 살아온 것 같다.

왜 이렇게 시니컬하고 메말라버린 걸까.

우연히 뉴욕타임즈에 알랭 드 보통이 기고한 결혼에 대한 글을 읽었다. 제목은 'Why You Will Marry the Wrong Person(결혼은 왜 꼭 엉뚱한 사람과 하게 되나?)'이다.

'We need to swap the romantic view for a tragic(and at points comedic) awareness that every human will frustrate, annoy, madden and disappoint us – and we will(without any malice) do the same to them. There can be no end to our sense of emptiness and incompleteness. But none of this is unusual or grounds for divorce.'
↳ 졸역 : 우리는 [결혼에 대한] 로맨틱한 시선을 버리고 비극적인, 때로는 코믹한 면도 바라볼 수 있어야 한다. 누구를 만나든 결국엔 좌절하게 될 것이고 짜증나게 될 것이며 미치도록 실망하게 될 것이기 때문이다. 그리고 우리 역시(악의는 없을 지라도) 상대에게 그런 사람이 될 것이다. 결혼을 해도 우리가 느끼는 공허와 불완전함은 끝이 없다. 이 모든 것이 주변에서 비일비재하게 일어나는 일이지만 결코 이혼 사유가 되진 못한다.

음… 사실이다. 그렇긴 하지만 누구에게도 도움이 되거나 위로가 되는 글은 아니라는 생각이 든다. 역시 뉴욕타임즈보다 드라마나 로맨틱 코미디를 보는 것이 좋겠다.

사실 내 이상형은 터프한 매력의 상남자였다. 그러나 둥글둥글한
외모의 곰돌 군을 만나 어찌어찌 26개월간 연애를 하고 부부가
되었다. 그리고 10년이 흘렀지만 누가 봐도 천생연분이라거나
대단히 사이가 좋은 부부는 아니다. 지극히 평범하다.

부부란 기본적으로 같은 편이지만 내부적으로는 적군이었다가
아군이 되기도 하는 아주 복잡한 사이라서 별일 아닌 것을 가지고
다투기도 하고 며칠 동안 말을 안 하기도 한다. 서로 말을
안 듣는다며 끌끌 혀를 차기도 하다가, 어느 순간부터
잘 안 싸우게 되는 건 결코 싸울 일이 없어서가 아니다. 피곤하고
귀찮아서, 결말이 뻔해서다. 가끔 내가 이런 남자와 사랑에 빠지고
연애를 해서 결혼까지 했단 말인가 소스라치게 놀란다.

때로는 알면서도 속아주는 것이 부부인 것 같기는 하다.
심심하고 답답하고 그래서 짜증도 나지만,
나는 그런 남편을 기꺼이 받아들여야 한다. 왜냐,
내가 선택했고 그가 선택했으니까 말이다.

"부부싸움은 칼로 물 베기"라고들 하는데
나는 동의하지 않는다. 물처럼 곧바로 원래 모습으로
돌아가는 것은 아니다. 두부 정도라면 모를까.

어떻게 보면 내가 남편을 너무 저평가하고 있는지도 모르겠다.
변수와 리스크가 높은 세상을 살면서 그나마 남편이 매일 일정한
얼굴과 행동과 리액션 없음으로 나를 대해주는 것을 다행이라고
볼 수도 있겠다. 어찌되었건 한결 같은 사람 아닌가. 말주변도
없고 재미도 없고 심지어 말수도 적지만, 말주변과 재미는
없으면서 말만 많은 남자보다는 낫다고 긍정적으로 해석하자.
일단은 점수를 좀 주고 예뻐해 보도록 해야겠다.
특별한 프로젝트는 정부에서 보조금을 지원해주는 것처럼.

솔직히 가끔은 측은할 때도 있다. 남편이라는 사람은 세상에서
가장 얄미운 존재이면서 동시에 가장 안쓰러운 사람이다.
게다가 내 남편의 경우에는 쌍둥이 아빠가 되는 순간
인기 순위 1위에서 3위로 가파르게 추락했던 것이다.

남편은 술이 약하다. 회식을 하고 온 날은 온몸이 벌개가지고,
평소보다 눈꼬리가 0.5cm 정도는 더 쳐져 눕기부터 한다.
메뉴는 냄새로 알 수 있다. 바닥에 누워 코를 고는 남편을 보고 있자니…
이것도 연봉에 포함되었겠지 싶다.

새벽에 남편이 심하게 잠꼬대를 했다.
요즘 회사에서 스트레스가 많은 모양이다.
술도 자주 마시고 기운도 없고 악몽도 꾸는 것 같다.
... 안쓰러운 내 남자 곰돌군.

남편과 나는 로맨틱과는 거리가 멀지만 의리상 결혼기념일이나
서로의 생일은 챙겨준다. 둘이 저녁을 먹어도 더 이상
'데이트'의 분위기가 아니라는 것이 문제긴 하지만 그래도 괜찮다.
아무 얘기나 막 지껄여도 괜찮은 절친이니까.
함께 살아온 햇수가 늘어가고 둘 다 나이가 들면서 (게다가 이젠
애들을 키우느라 정신도 없고) 연인의 느낌 대신 수다 떨기에
좋은 친구가 되어가고 있지만 어찌보면 꽤 괜찮은 소득이다.

'사랑'의 또 다른 이름은 '의리'라는 생각이 든다.
허술하고 어설프고 모자란 구석이 많아도 끝까지 같이 살아주는
것이 진짜 부부다. 이렇든저렇든 뭐, 기왕 부부로 엮였으니
오랫동안 함께 잘 살면 좋겠다.

퇴근 후 집 앞에서 우연히 남편을 만났다.

동네 친구를 만난 느낌으로 반가워하다가
어쩐지 막걸리에 전을 먹고 귀가하게 되었다.
그래도 아직까진 반가워서 다행이다.

둘 다 야근하는 경우가 많아 주중에는 남편을 보기가 힘들다.
그래서 내가 먼저 퇴근하는 날에는
최대한 어처구니 없는 춤으로 남편을 맞으려고 노력하는데

이때 키포인트는 피곤에 쩔어 들어온 남편 얼굴에 적어도 황당한
웃음이라도 번지게 하는 것. 다행히 내가 엄청난 몸치라서 많이 어렵지는 않다.
지친 얼굴로라도 함께 웃을 수 있다면 인생이 덜 외롭지 않을까.

박완서 선생님의 책을 읽다가
문득 우리 부부의 노년기는 어떨까 상상해 보았다.
사이 좋은 노부부가 되는 것도 나쁘지 않을 듯.
아이들 다 키워 장가까지 보내놓고
앞서거니 뒤서거니 갈 수 있다면 좋겠다.

남편과 친구처럼 늙을 수 있기를 바란다. 나이가 들어서도
손을 잡고 다니면 좋겠고 경제적으로 너무 팍팍하지 않아
가끔씩 여행을 갈 수 있으면 좋겠다. 함께 빵과 커피로
아침을 먹고 동네를 산책하고 뉴스를 보고 결혼식이며
장례식에 참석하고 서로에게 쓸데 없는 잔소리를 해가면서
유유자적하게 노년을 보내고 싶다.
그때가 되면 애들이 쓰던 방을 비워 작업실로 꾸밀 계획이다.
책상, 의자, 책장, 그리고 이젤을 놓을 것이다. 책상은 원목이면
좋겠고 크지 않은 것을 고를 것이다. 뷰로 책상도 좋다.
그림도 그리고 책도 읽고 혼자 노는 나만의 공간. 가끔 남편이
문턱에 서서 "뭐 먹을까?"하고 물으면 나는 다초점 안경을
코 끝에 걸고서 "어머, 벌써 점심이야?" 할 것이다.
소리 없이 물드는 저녁 노을처럼 조용하고 따스하게
늙어가고 싶다. 가족 중 유일하게 내가 선택한 사람, 남편과 함께.

아침에 애들을 데리고 이비인후과에 갔다가
집에 오자마자 씽씽이를 타러 또 밖으로..
(아비라는 인간은 이불 속으로 숨으심)
그리고 집에 다시 오니 점심을 준비할 시간.
볶음밥을 볶 to the 볶, 애들을 먹이고
서둘러 시댁으로 출발.

시아버님이 강화도에 가시고 싶다고 하셔서
서울 → 일산 → 강화 → 일산 → 서울.
오다가 마트를 들러 장을 보고 집에 와서 정리,
애들 재우고 애들이 벗어제낀 옷, 양말 수거하고
남편과 잠시 한잔(난 와인, 남편은 맥주)
기울이며 TV를 보다가 돌아보니..

조금씩 조금씩 조금씩

나도 모르는 사이에
정이 들어버렸다.

정이 무섭다는 말은 사실이다.
어르신들 말씀이 하나 틀린 게 없다.

과거 전력 공개!
부제: 나는 곰돌군을 만나기 전 이런 여자였다.
주말이면 일단 오전이란 없음. 허리가 아플 때까지 잠.
자다 자다 인간적으로 더는 못자겠다 싶으면 일어남. 약속이 없으면 (없을 때가 좀 많음) 샤워 따위는 스킵.
주섬 주섬
그래서 야구모자 매우 애용. 추리닝도 빅사랑.
레디 포 액션!
브리짓 존스 또 빌리게? 네 번째야, 아가씨.
바깥 세상으로 진출해 슈퍼와 비디오 대여점 방문이 코스.
과자, 빵
좋아하는 영화 반복해서 보는 것 좋아함(대사 외움)

과거 전력 공개!
부제 : 나는 애들을 낳기 전
이런 여자였다
주말 아침
마누라, 제발
일어나.
토스트 구웠어.
허리 괜찮냐?
음냐
주말 낮
깨어 있을 때도
거의 누워서
꼼짝하지 않음.
주말 오후
마누라, 제발 일어나.
무슨 낮잠을 세 시간을
자냐.. 다섯 시야.
(이런 여자일
줄이야)
쿨쿨

세상의 모든 어머님들 힘내시와요.

일요일의 일기 II
① 썬데이 몰닝이지만 늦잠 따위 없고 일단 겟업.
와인 마시고 자서 눈이 부었음
② 마트에서 산 핫케익 믹스를 꺼내 계란과 우유 믹싱.
표정은 파이브스타 호텔 수쉪
③ 중불에 굽기만 하면 됨. 초딩도 가능한 레시피.
어려운 음식이지만 니들을 위해 엄마가 만든 거란다. 엄마는 이런 사람이야.
④ 생색으로 마무리는 아름답게.
흔엄
와! 맛있겠다. 잘 먹겠습니다.
엄마, 감사합니다.

엄마,
오늘 일요일
맞아요?
맞아. 아침에
빵 먹는 날은
일요일이니까.
왜 일요일에는
빵 먹어요?
밥이 없어.
왜 없는지는
엄마한테
물어 봐.
오물
오물
쩝접쩝
짭잡짭
얌냠
Jam

주부로서 밝히기는 좀 껄끄러운 사실이지만 솔직히 나는 게으르고 요리에 통 관심이 없다. 지금도 그렇지만 남편을 만나 결혼하기 전까진 정말로 심했다. 당시에는 밥을 거의 안 해 먹고 대부분 사 먹었다. 그것도 귀찮으면 아예 먹지 않았다. 중국집에 전화했다가 1인분은 배달이 안 된다는 말에 그냥 굶은 적도 있고 혼자서 2인분을 시킨 적도 있다. 냉장고는 늘 텅 비어 있었다. 그래서 위염이 생겼고 만성이 되었다.
지금은 밥도 짓고 요리도(솔직히 맛은 별로지만) 한다. 아이들이 어렸을 때는 직접 이유식도 만들었다. 나답지 않게 저절로 그렇게 되었다. 엄마가 되면 생활이 많이 달라지지만 무엇보다 내 자신이 크게 변한다. 조미료를 안 넣고 자극적이지 않은 집밥을 많이 먹어서인지 작년에 받은 위내시경 결과, 위가 깨끗하다는 말까지 들었다. 만성 위염이 사라지다니 경이로웠다.

세상에는 멋진 싱글, 골드 미스, 플래티넘 미스 등 당당한 독신이 많다. 하지만 결혼을 하고 아이를 낳고 사는 평범한 삶도 나쁘지 않은 것 같다.

나에 대한 불만을 표출하는 것 같아서 반박할까 잠시 생각했지만
남편의 진술에 타당성이 없는 것은 아니라 잠자코 밥*을 먹었다.

* 남편이 소고기전복죽을 끓임

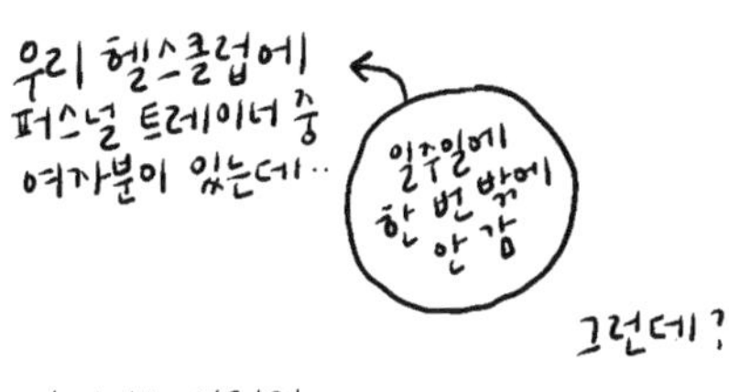

걸려있는 사진과
실제 모습이 다르더라고.

그래서?

그냥 그렇다고.
미모의 트레이너로
회원을 끌기도 한다는데
그런 전략은 아닌가봐.

어제 운동 후 귀가한 곰돌군이
나와 애들이 저녁으로 구워 먹고 남은 고기를 싹싹 다 먹었다.
목표만큼 체중을 감량하기는 어려울 듯 싶다.

퇴근을 해서 현관문을 여는 순간, 바깥 세상따위는 이미 존재하지 않는다.
'집'이란 가족이 나를 따뜻하게 맞아주는 우리들만의 우주.

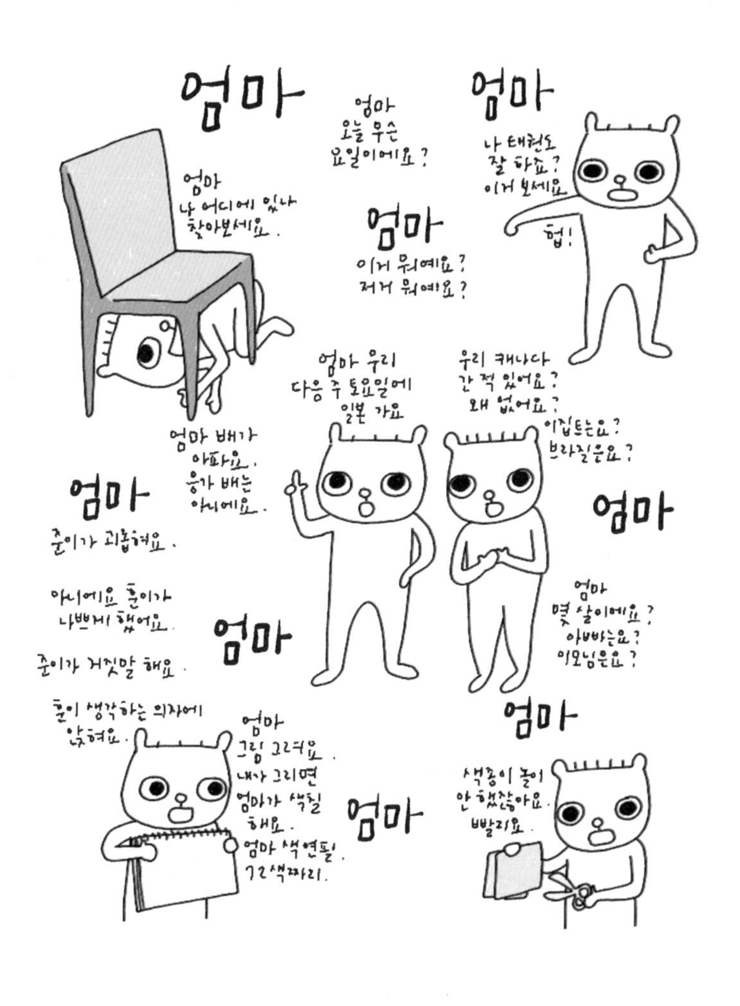

존재감이 옅은 것이 내 트레이드 마크였는데 요즘은… 절대 그렇지 않다.

우리 애들은 잘 보지도 않으면서
뉴스 시간에는 꼭 TV 앞에 모여든다.
유일하게 높은 집중력을 보이는 시간은
기상 예보.

애들이 TV를 보길래 나는 분명히
꽤 쾌적하게 누워 책을 읽고 있었는데

... 어쩐지 늘 이렇게 상황이 바뀌어버린다.

일어나고 싶을 때까지 늦잠을 자는 것이 소원.
하지만 가족 75%의 반대로 이루어질 수 없다.

아이들에게 나중에 커서 뭐가 되고 싶은지 물었더니 :

지금까지 훈이의 꿈은 뽀로로, 엄마,
심지어 이모님인 적도 있었는데 아저씨가 되겠다니
올바른 방향이라고 생각한다.

목감기에 걸려도, 피곤해도 밖으로 나가야 하는 이유.

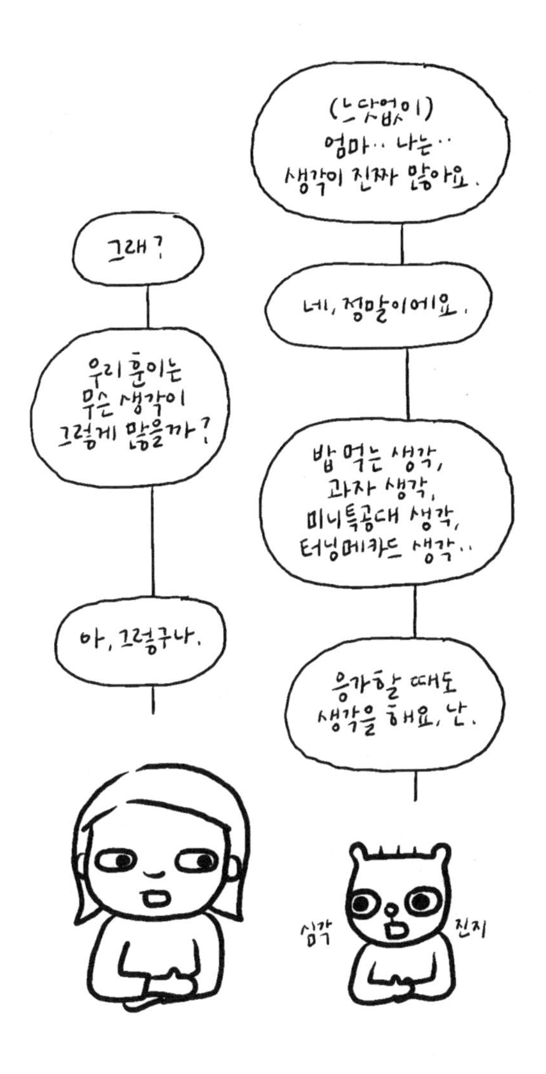
(느닷없이)
엄마·· 나는··
생각이 진짜 많아요.
그래?
네, 정말이에요.
우리 훈이는
무슨 생각이
그렇게 많을까?
밥 먹는 생각,
과자 생각,
미니특공대 생각,
터닝메카드 생각··
아, 그렇구나.
응가할 때도
생각을 해요, 난.
심각
진지

동화책 내용
‥그래서 무척 허전했습니다‥
엄마, 허전한 게 뭐예요?
음‥ 쓸쓸한 거야.
쓸쓸한 건 뭐예요?
그건‥ 외롭거나 공허한 느낌인데 그게‥
외로운 건요?
외‥ 외로운 건 혼자 있을 때‥ 물론 혼자가 아니라도 외로울 수 있고 때로는 많은 사람들 속에서 더‥ 하지만 인생이라는 게 원래‥ 아이고 미안, 그게 아니라‥
엄마‥ 무슨 뜻인지 모르겠어요‥
횡설수설
?

아이를 키운다는 것은 정말 독특한 체험이다.

부모가 되면 새로운 것들이 정말 많이 보인다. 아이들과 함께 달을 올려다보고 별을 찾는다. 밤하늘의 짙은 보랏빛 구름에 감탄한다. 고사리 같은 손을 잡고 산책하는 것이 그렇게 행복할 수가 없다. 도란도란 얘기 나누면서 길을 걸으면, 나는 이 세상에서 가장 멋진 인생을 살고 있는 사람이 된다. 마음이 한없이 말캉말캉해진다. 얼마 전에는 신발에 쓸려 발뒤꿈치가 살짝 벗겨졌길래 밴드를 붙였더니 애들이 다쳤냐며 물어보고 입김을 '호' 불어줬다. 이 사소한 일이 얼마나 위로가 되고 힘이 되었는지… 말로는 다 표현이 안 된다.

해준 것보다 받는 게 더 많다는 생각이 절로 들 정도로 부모가 된다는 것은 정말로 너무너무 멋진 일이다. (좀 어마어마하게 힘들어서 그렇지.)

시크한 훈이는 기분에 따라 뽀뽀에 인색한 남자.
다른 버전으로 대체해도 엄마는 그저 감지덕지.

우리 애들은 1분 차이로 태어난 쌍둥이 형제다. 매일 싸우고 울고 시끄럽게 하고 뛰고 끈적대는 뭔가를 손에 묻혀오고 떼를 쓰고 온갖 장난감과 물건을 동원해 온 집안을 어지럽히고 내가 소리를 지를 때까지 치우지 않는다. 그런 반면 작고 여리고 따뜻하고 보드랍고 항상 웃고 눈이 맑고 솜털이 보송보송하고 전체적으로 동글동글하고 귀엽고 신기하고 순수하고 사랑스러운 행동으로 내 마음을 쥐락펴락한다.

아이들을 낳기 전에도 잘 살았지만 이제는 아이들 없는 삶을 상상할 수 없다. 사랑하고 또 사랑한다.

애들을 언제까지 이렇게 끼고 잘 수 있을까?
나중에 이 순간을 아주 많이 그리워할 것 같다.
처음 가는 길이지만 그 정도는 감이 온다.

그러다가 애들이 아프면

애들은 원래
아프면서 크는 거야.
다 그렇지 뭐.
너무 신경 쓰지 마.
우리 어렸을 땐
진짜 많이 아프거나
어디가 부러져야
병원 갔었잖아.
내가 폐렴 걸렸을 때
말해 줬지?
내가 얼마나
아팠냐면..

왜 자꾸 아프지..
쌍둥이라 조금 일찍
조금 작게 태어나서
그런 건 아니겠지?
모유를 더 먹였으면
좋았을 텐데..
두 달밖에 못 먹이다니..
어쩔 수 없었지만
연관이 있는 것 같아..
백일도 되기 전에
복직한 것 역시
어쩔 수 없었지만
나도 정말 독한 년이야!

그렇다고 (이건 좀 반전이겠지만) 아이들이 내 전부는 아니다. 나는 자식을 키우기 위해 태어나지 않았다. 당연히 엄마로서의 역할이 내 모든 것이 될 수도 없다. 이기적인 여자라 해도 어쩔 수 없다. 나는 엄마이기 전에도 나였고 직장 생활과 육아를 병행하는 지금도 나이며 아이들이 다 자라 더 이상 부모 도움이 필요 없게 될 때도 나일 것이다.
나에겐 내 자신도 소중하다. 그래서 일을 포기할 수가 없다. 경제적인 이유로 회사에 다니기도 하지만 일을 한다는 자체도 중요하다. 일은 나를 '나'이도록 하는데 반드시 필요한 부분이다. 일 때문에 아이들에게 미안할 때도 있지만, 그렇다고 회사를 관두고 아이만 바라보며 살고 싶지 않다. 이는 그런 삶을 기꺼이 선택하고 최선을 다하는 여성들을 깊이 존경하는 것과는 별개의 얘기다.
내게 엄마로서의 자질이 부족하다고 손가락질을 하는 사람이 있을 수도 있지만 나는 나와 가족에게 늘 솔직해야 한다고 생각한다. 그리고 언젠가 아이들도 이런 엄마를 이해해줄 거라 믿는다. 서로 사랑하고 존중하며 함께 성장할 수 있는 '우리'가 되기를 꿈꾼다.

많은 사람들이 인생에서 맞닥뜨리게 되는 게임 체인저 중 하나는 아이를 낳고 부모가 되는 일이다. 연애나 결혼은 기본적으로 자신의 행복을 추구하는 과정에서 벌어지는 일들이지만 아이를 낳고 키우는 것은 성격이 전혀 다르다. 그래서 아기를 낳기 전과 아기를 낳은 후의 삶은 비교하기가 어렵다. 게임의 룰이 바뀌는 정도가 아니라 완전히 다른 게임이다.

나보다 더 중요한 누군가가 불쑥 등장한다. 아이에게 향한 사랑은 배우자나 부모에 대한 사랑과 차원이 다르다. 막대한 책임감이 생긴다. 때로는 두렵고 온갖 걱정이 엄습하고 불안해서 잠도 오지 않는다. 하지만 작고 보드랍고 따스한 아이가 꼬물꼬물 품 속으로 파고들면 아무리 소심하고 어설픈 나라도 주섬주섬 갑옷을 입고 세상과 맞서 싸우게 된다. 부모는 아이를 낳는 순간 지붕이 되고 울타리가 되고 방화벽이 되어야 한다. 아이가 살아갈 세상이 조금이라도 덜 위험하고 덜 오염되었으면 하는 마음은 철저한 준법 정신과 완벽한 분리 수거로 이어지기도 한다. 아이를 키우려면 무엇보다 매 순간 열심히 살아야 한다. 힘들고 지치더라고, 더럽고 치사하더라도.

이봐, 양사나이.
부모 노릇은 왜 이렇게
힘이 드는 거야?
정말 지독하군.

원래 그래.
다들 어쩔 줄 몰라한다네.
겉으로는 제대로 하고 있는 것처럼
보이려고 애쓰지만 속으로는
힘들어하고 고민이 많지.
때로는 매우 혼란스러워 해.
아이가 조금씩 성장하는 것과 같이
부모도 조금씩 역할을 배워가는 거야.
그러니 너무 걱정 마.

세상의 모든 엄마 아빠를 응원합니다.

부모로 산다는 것은 무척 어렵다. 많은 희생이 요구된다.

과거 전력 공개!
부제: 나는 곰돌군을 만나기 전 이런 여자였다.
part 2
배는 고픈데
먹을 게 없네..
오랜만에 밥 할까?
참, 쌀 버렸지..
(하도 밥을 안 했더니 쌀에서 벌레 나옴)
시켜 먹을까..
건성 피부라 잘 긁음
당시 폴더폰
여보세요, 중국집이죠?
XXXX 802호로 삼선짜장 하나만 갖다주세요.
네? 일인분은 배달 안 하신다고요?
넌 할 수 있어.
내일 아침 굶을 거니까 두끼 먹을 수 있는 거야. 힘 내.

'나'라는 인간은
남의 말을 잘 듣지
않으며 보기 보다
고집이 세고(순하게
생겼다는 것은 아니고
딱히 특징이 없음)

쉽게 좌절하며
(자책도 상당함)

소심함이
이루 말할 수 없다.

이런 내 자신이 답답하고 싫다.
프로그램이나 앱을 깔듯이
성격도 원하는 타입으로 교체할 수 있다면.

오늘 그냥 약간 좀 힘들다.

늘 걱정이 가득한 게 인생이지만 쓸데 없는 고민도 참 많이
하면서 사는 것 같다. 대표적인 예가 대학 진학 전 전공 선택을
두고 했던 고민이다. 지금 생각하면 학부 전공이 뭐 그리 대수라고
그랬는지 모르겠다. 사회 생활하면서 전공을 살릴 기회가
단 한 번도 없을 줄 그때는 몰랐다. 그래서 그랬나 보다.
함께 미술 공부를 했던 동기 중 한 명은 초등학교 선생님,
한 명은 음악 프로듀서가 되었다. 또 한 명은 금세공 일을 한다.
정치외교학과를 나온 친구는 해외 마케팅 담당이라 걸핏하면
출장이다. 수학을 전공한 사촌언니는 애 둘을 키우느라
전업 주부로 변신했고, 공대를 나온 지인은 세무사 사무실에서
근무한다.
계획대로 잘 되지 않는다. 다들 그렇다. 그러니 인생이
생각대로 풀리지 않는다고 너무 낙심할 필요는 없다.
그렇다고 아예 아무 생각 없이 살 수도 없는 노릇이지만.

아버지랑 대판 싸우면서 고집해 결국 미술사를 전공했지만
그럴 필요가 전혀 없었다.
어차피 예술과는 상관 없는 회사원으로 살고 있으니까.

투덜거릴 것도 없다. 대부분의 사람이 다 그렇게 살고 있는 걸.

Art is long,
life is short..
식음을 전폐하고
밤낮으로 작품에 몰두..
열정
이글
이글
어우 야..
감탄 감탄.
너무 멋짐.
진심 부럽.
그렇기는 한데
나는 그냥
평범하게 살래.
물론 재능도 없..

대학교 1학년 미술사 개론 수업 시간. 교수님께서 특출나고
뛰어난 아티스트일수록 폭풍 같은 인생을 사는 경우가 많아
요절한 화가가 많다고 하셨다. 교수님은 학생들을 둘러보시며
그러셨다. 너희 중 걸출한 아티스트가 나올지 모르겠지만,
재능이 부족하거나 운이 없어 대성하지 못하게 될 나머지는
평범하지만 즐겁게 살면 되니 실망하지 말라고.
스무 살의 나는 저런 걸 격려라고 하다니 참 어이없는
교수라고 생각했다. 그리고 나는 일찍 죽는다고 해도
예술을 위해 영혼을 불태우겠다고 다짐했다.
하지만 삶은 호락호락하지 않다. 대학원 진학 대신 취업의 길로
들어서 지금껏 평범한 직장인으로 살고 있으니. 내 인생을 통째로
예술에 바치지 못한 것은 유감이지만 예상 외로 일반인의 삶도
대단히 격정적이다.
곰곰이 생각해보니 교수님의 조언은 틀린 말이 아니었다.
나의 '특별'하지 않은 삶도 충분히 의미 있고 행복하기 때문이다.
어쩌면 이 안락함은 평범하기 때문에 가능한 것인지도 모르겠다.

젊었을 땐 왜 그렇게 모든 일에 올인을 하고 처절했었나 모르겠다.
지금 생각해보니 그럴 필요까지 없었던 일이 참 많았는데...

가끔 의외로 빠르게 회복을 하기도 했지만 대체로 지나치게 감정적이었다. 왜 그렇게 궁상을 떨었는지 모르겠다.

하고 싶은
미술 공부는 좋냐?

다 좋은 건 아닌데
그래도 재미있어요.

교수들은 어때?

특이한 분들도 있지만
모두 되게 실력있어요.

방에 막 이상한 게
잔뜩이던데 뭐냐?

과제예요.
일종의 작품.

근데 엄마 한복은 왜
걸레 만들어놨어?

아, 그게.. 엄마에
대한 오마주랄까..

아버지와 앉아 두서 없이 도란도란 얘기 나누던
시간이 그립다. 다시는 오지 않을 시간이.

아버지는 내게 장난감이나 인형은 잘 안 사주셨지만 책과
만화책은 많이 사주셨다. 나는 내성적이고 키도 작고 예쁘지도
않고 평범하고 눈에 잘 안 띄는 아이였는데도 책을 좋아한다는
이유로 아버지께 늘 칭찬을 받았다. 그런 아버지 덕분에
아이들은 정말로 칭찬을 먹고 자란다는 사실을 알게 되었다.
자식의 반항을 예방하는 방법이 '그냥 믿어주는 것'이라는 것도
아버지를 통해 배웠다.
그런 아버지가, 내가 대학을 졸업하고 5개월 후에 돌아가셨다.
감기도 잘 걸리지 않을 만큼 건강하신 분이었는데 갑자기
체중이 줄면서 여기저기 안 좋아지시더니 암 진단을 받으셨고,
1년 반 후 겨울이 오는 길목의 새벽에 조용히 떠나셨다.

인간으로 태어나 부모를 잃는다는 것은 당연한 일이다.
그러나 세상에는 당연하지만 받아들이기 힘든 일이 너무 많다.
나는 아직도 아버지가 늘 그립다.

단 며칠이었지만 남편과 애들을 두고 혼자 친정에 가서
엄마가 해주신 밥을 먹고 엄마가 끓여주신 커피를 마시며
엄마와 같이 담요를 덮고 소파에 앉아 TV를 봤다.

문득문득 엄마와의 시간이 너무나도 그립다.
마흔이 넘은 딸을 아가씨처럼 대해주는 우리 엄마가 보고 싶다.

우리 가족은 내가 6학년 때 캐나다로 이민을 갔다.
소녀처럼 여린 엄마는 애 셋을 데리고 이민 가자는 아버지를 따라
덜컥 캐나다로 가셨다가 고생도 많이 하셨다. 경제적으로 힘든
시기도 있었고 이런저런 어려움을 많이 겪었지만
내가 밝게 클 수 있었던 것은 작은 일에도 웃을 줄 아는 엄마의
좋은 성격의 영향이 아니었나 싶다.
그러나 우리 엄마에게도 단점이 있다. 나를 대할 때면 유독
현실 감각이 떨어져서 "넌 전혀 아줌마 같지 않아"라던가
"누가 널 애 둘 낳은 여자로 보겠냐?"라는 말씀을 하시는 것이다.
게다가 내가 무척 야무지고 똑똑한 줄 아신다.

그래서…
그래서 항상 엄마에게 미안하다.

두 살 위로 언니가 있고 세 살 아래로 남동생이 있다.
예쁘고 똑똑해서 늘 주목 받던 언니와 할아버지의 사랑을
독차지한 동생 사이에서 치여 서럽게 자란 것처럼
말하고 다니지만 사실 셋 중 둘째란 무척 유리한 포지션이다.

이유는 :

1 모험이나 실험은 늘 첫째의 몫이다.
2 대부분의 상황에서 철 없는 놈은 막내라고들 생각한다.
3 셋 중 존재감이 가장 덜하기 때문에 이리저리 묻어가기에 좋다.
4 언니와 동생 사이에서 중립을 지키다가 적절한 타이밍에
대세인 쪽의 편을 들면 안락한 삶을 유지할 수 있다.

언니네 집에 놀러왔는데 애들이 사촌 누님들을 너무 좋아해서 무척 편하다. 언니가 밥도 해주고 커피도 끓여주고 옷도 막 준다. 개신난다(^^).

(다른 얘기하다가 불쑥)
누나, 마흔 넘었다고
머리 스타일까지 나이 들어
보이게 할 필요 없어.

응?
왜..

유노. 그냥 그렇다고.

그러니까..
내 머리가 왜..

그리고 옷도 그렇고..
좀 꾸미면 괜찮을 것 같아.
샤핑 가고 싶으면 말해.
애니타임.

동생이 걱정할 정도라면 반성할 필요가 있는지도.

엄마와 언니가 나를 걱정해주는 것은 알겠는데, 내가 남동생까지 걱정시키는 인물인 줄은 몰랐다. 친정(캐나다)에 갔을 때 동생과 딤섬을 먹다가 동생이 아주 조심스럽게 내 외모에 대해 조언을 하는 것을 보고 많은 깨달음을 얻었다.

1 (외모에 대하여) 스스로 '이 정도면 괜찮지'라고 생각한다고 해서 꼭 그런 것은 아니다.
2 친정에 가기 전에는 반드시 미용실에 가자.
3 친정 식구들을 만날 때는 옷을 평소보다 신경 써서 입자.

예전 생각을 하다가…

가치 있는 것 중에 쉽게 얻어지는 것은 세상에 없다.
중요한 것은 모두 시간이 걸리고 노력이 요구된다.
일단 고생을 좀 해야 내 것이 된다.

서른셋에 치아 교정을 시작했다. 중학교 때부터 따라다닌
외모 콤플렉스를 떨치고 싶은 마음에 과감히 뛰어들었다.
성인이 된 후 하는 교정이라서 오래 걸렸다. 생니 네 개를
발치했고 치료 기간은 장장 3년 4개월이 걸렸다.
처음 몇 달간은 제대로 먹지도 못해 볼이 쑥 들어갔다. 발음도
이상했다. 2주에 한 번씩 치과에 가 교정기를 조이면 머리가
욱신욱신 아팠다. 앞니를 집어넣기 위해 작은 나사를 입 천장에
두 개나 박기도 했다. 힘들고 긴, 그리고 외로운 여정이었다.

치아 교정처럼 빨리빨리 되지 않는 것이 아직도 세상에는 많은 것
같다. 진정한 의미의 지름길이나 속성 과정은 별로 없는 듯하다.
그러니 정직하고 성실하게 살다 보면 남는 것이 있지 않을까…
하고 믿어 보자.

세상에는 부러운 사람이 정말 많다. 노래방을 가면 노래를 잘하는 사람이 부럽고, 길을 걷다가 미인을 보면 어쩜 저렇게 예쁠까 외모가 부럽다. 사람들 앞에서 말을 조리 있게 잘하는 사람도 부럽고, 요리를 감각적으로 하는 사람도 부럽다. 운동 신경이 발달한 사람도 부럽고, 후진을 자신 있게 하거나 주차를 한 번에 하는 사람도 부럽고, 옷을 센스 있게 입는 사람도 부럽고, 피부가 좋은 사람도 부럽고, 키가 큰 사람도 부럽다.
돈이 많은 사람, 당연히 부럽다(네, 속물입니다). 마음을 울리는 책을 읽으면 그 책을 쓴 저자가 부럽고, 〈포브스〉를 읽으면 성공한 사람이 엄청나게 부럽다.

그렇기는 해도 지금의 나를 싫어하지 않는다. 남에게 피해 주지 않고 열심히 살고 있다. 세계 여성 포럼 같은 곳에서 나를 기조 연설자로 초청해 주지 않아도 크게 서운하지 않다.
진심이다.

가끔 차돌같이 단단하고 샤프한 사람을 만나면 부럽다.
나는 그렇게 견고한 사람이 못 되어 남에게 그런 당찬 이미지를
줄 가능성이 제로. 그렇지만 나도 지금까지 나름대로 잘 살아왔다.
그리고 앞으로도 잘 살면 그만이겠지.

그런데도 어떤 날은

머리 복잡..
다들 이렇겠지..
평화롭고 여유로워
보여도 다들
걱정하고 고민하고
결정 장애를 힘들게
극복하며 살아가겠지..

Somewhere over the rainbow way up high.. ♫

빛을 등지고서 어둡다 어둡다 하는 것은 아닌지.

언니의 말에 따르면
3주쯤 전에 엄마한테
붙었던 우울한 기분은

그 후 한동안
언니에게 엉겨
붙어 있다가

나한테 옮겨 간
것이라고 한다.
뜬금 없는 이론이지만
언니는 꽤 자신있게
주장을 펼쳤다.
"걱정할 건 없어. 며칠
있으니까 지나가더라고."

좀 엉뚱하지만
어쩐지 위로 됨

초긍정 마인드로 살고자 애를 써도 머리가 복잡한 날이 있다.
내 인생의 의미가 뭔지 아리송한 날이, 나는 정말 잘 살고
있는 건가 싶은 날이, 긍정적으로 살려고 애를 쓰지만 좌절하는
날이 있다. 누구나 그렇듯이. '독하게 살아야지, 이 정도로
허물어지면 안 돼' 이렇게 다짐을 해봐도 내 자신이 모래성처럼
느껴진다. 파도는 그저 밀려올 뿐인데 조금만 스쳐도 힘 없이
스르르 녹아 흩어져버리는 나.
돌로 쌓은 견고한 성이 되고 싶다. 수백 년의 세월을 버텨내고도
굳건히 서 있는 앙코르와트처럼.

오래 전 아는 언니가 느닷없이 내 외모에 대해
솔직하게 말해준 적이 있다.
주변에 이렇게 진솔한 지인이 있다는 것은 감사할 일이다.

나는 사람을 폭 넓게 사귀지 않지만 일단 누군가에게
마음 한 켠을 내주면 진득하니 오래 교류하는 편이다.
좋아하는 사람끼리는 기본적으로 자주 칭찬을 하고 긍정적인
피드백을 주고 받는다. 하지만 정말 가깝다면 좋은 말만 해선
안 된다고 생각한다. 단점을 지적 받는 것은 방식에 따라
기분이 나쁠 수 있지만 신뢰가 깊은 지인에게 진심 어린 충고나
의견을 듣는 것은 매우 중요한 일이다. 나는 고집이 센데다
옹졸한 면이 많아서 남의 얘기를 잘 듣지 않는다. 그래서
믿고 따르는 누군가가 따끔하게 지적해줘야 정신을 차릴 수 있다.

상처를 주지 않고 자존심도 최대한 건드리지 않으면서
조언할 줄 안다는 것은 '궁극의 세련'인 것 같다.

삶을 만만하게 보지 말 것. 남에게 피해 주지 말 것.
성실하게 살 것. 항상 감사할 것.
누구에게도 아무것도 기대하지 말 것.

이렇게 다짐하며 살지만
때때로 실망할 일이 생긴다.
마음을 비운다는 것은
참으로 어렵다.

회사 건물 전체가 소방 교육을 받음.
자원해서 소화기 실습도 했다.

살다 보면 무슨 일이 있을지 모르니
사용법을 알아야겠다는 생각이 들었다. 배울 게 참 많다.

서른 살 때부터 매일 가계부를 쓰고 있다.
소득과 지출을 정확히 파악하는 것만으로도
낭비하는 일을 줄일 수 있다고 생각하지만

지난 몇 달의 내역을 보니 벌고 쓴 것이 거의 비슷하다.
이래서는 매우 곤란하다.
다른 대책이 없으므로 허리띠를 좀 더 졸라매야겠다.

아버지가 그러셨다. 복잡하지 않다고. 버는 것보다 적게 쓰든지,
쓰는 것보다 많이 벌든지 하면 대충 살 수 있다고. 옳은 말씀이다.
하지만 말처럼 간단하지 않다는 것이 문제다.

돈 얘기가 나왔으니 하는 말인데, 대출은 정말 끝이 없다.
지겹기도 하다. 하지만 한편으로는 대출이 있기 때문에 직장에서
잘 버티고 있다는 생각도 든다. 내가 빚도 없고 돈도 많다면
회사에서 조금만 안 좋은 일이 생겨도, 일이 조금만 지루해도
당장 때려 치울 생각부터 하지 않을까?
둘만의 힘으로 살아왔고 앞으로도 그래야 하는 우리 부부에게
대출이 사라지는 기적은 일어나지 않겠지만, 그래도 하루하루
열심히 살아야 한다. 매일 성실하게 살다 보면 언젠가는
잘 되겠지.

Start here

2006년 가을
오피스텔에서 결혼생활
스타트 (대출 보태 전세)

2008년
작지만 아파트(대출 팍, 전세)로
옮겨 베란다가 생김 → 빨래가
환상적으로 말라 행복지수 상승

2010년
전세값 올려주고 재계약
(대출 어게인..)

2012년
쌍둥이 낳고 도우미 이모님 입주하시니
집이 미어터짐 → 같은 아파트의
조금 큰 평 수로 이사함,
1억이 넘게 차이가 나서
퇴직금 중간정산 + 대출

2014년
집주인이 집을 팔겠다고 해서
팔릴때까지만 더 살기로 함.
전세금은 안 올렸으나 1년 이상
수백 번 집을 보여줌 → 거의 오픈하우스.

2015년
집이 팔렸다고 해서 같은 지역의
비슷한 평 수 전세를 알아보니
인근에 재건축 들어간 단지들이 많아
시세 상승률이 상상을 초월함 →
다른 지역을 알아보기 시작 →
엥? 전세가 없음!
이런 더러운 세상!

2015년 10월
진짜 어쩔 수 없이 집을 삼 →
Featuring: 내 인생 최고의 대출
"힘내라"(이것은 혼잣말)

이제서야 겨우 집을 마련했지만 창피하지 않다.
누구의 도움도 받지 않고 남편과 둘이 벌어
장만했으니까. 수고했다. 앞으로도 수고하자.

곧 100세 시대가 올 것 같다.
이미 많은 사람들이 80대, 90대까지 산다.
나는 몇 살까지 살 수 있을까?
건강하게 살 수 있을까?
일은 몇 살까지 할 수 있을까?
아이들을 늦게 낳아 노후 대책을 제대로 하긴 쉽지 않을 테니,
최대한 오래 일하는 것이 살아남는 방법일 것이다.
그렇다면 어떤 일을 해야 할까?
회사는 몇 살까지 다닐 수 있을까?
'정년'의 개념은 계속 바뀔까? 퇴직을 하거나 중간에
회사를 다닐 수 없는 일이 생기면 그때부터는 뭘 해야 할까?
사라지는 직종, AI로 대체되는 직종이 늘어난다는데
꾸준히 경쟁력을 잃지 않을 수 있는 직업은 뭘까?
공부를 더 해야 할까? 기술을 배워야 할까?

아이구야, 머리가 아프다.

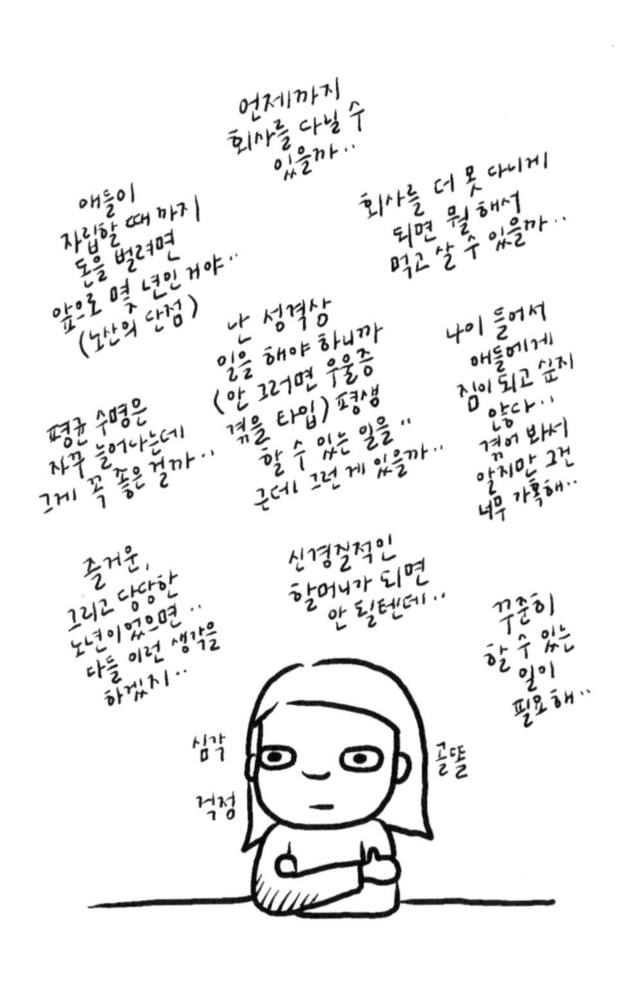

평균 수명이 계속 길어지고 있다.
미래를 생각하면 머리가 복잡해진다. 두렵기도 하다.

이 아줌마 뭔데 왜 자꾸 나한테 이래라 저래라..
말 좀 들으라고. 네가 세상을 다 안다고 생각하냐? 어림도 없어!
과거의 나
현재의 나

과거로 돌아갈 수 있다면? 아주 멀리는 말고 서른 즈음으로 돌아가고 싶다. 그리고 지금의 내가 그때의 나를 만나 조언해 줄 수 있다면, 이렇게 간단히 열 가지 정도만 당부하고 싶다.

1 미래에 대해 쓸데 없이 많은 걱정을 하지 말 것.
2 책을 많이 읽을 것.
3 매일 일기를 쓸 것.
4 엄마와 둘이 여행 갈 것.
5 경제가 어떻게 돌아가는지 이해하려고 노력할 것.
6 연금 상품에 가입할 것.
7 니트는 꼭 캐시미어나 울 소재로 살 것.
8 한 시간 이상 신고 걸을 수 없는 높은 굽의 신발은 사지 말 것, 아무리 예뻐도.
9 요리를 하려고 노력하고 혼자 하는 식사라도 최대한 잘 차려 먹을 것.
10 체념하지 말 것.

사무실 한 켠 내 자리를 둘러보니 개인 살림살이가 꽤 많다.
플랫 한 켤레와 털 모카신 한 켤레, 작은 화분 옆에는
우리 아이들 사진이 있다. 책꽂이 한 구석은 티 코너이고
텀블러에 머그잔도 두 개나 된다.
내가 아는 인도 아저씨 한 분은 증권거래소를 잘 나가다가
50대 초반에 은퇴를 선언하더니 대부분의 소유물을 처분하고
아쉬람(Ashram, 힌두교도들이 수행하며 거주하는 곳)에
들어갔다. 결혼은 했지만 아이는 낳지 않았고 아내와는 오랫동안
별거 중이었는데, 아내에게 마침 좋은 남자가 생겨
이혼에 합의하고 친구로 지내고 있다고 한다. 매일 새벽에 일어나
기도와 명상을 하고 마당을 쓸고 봉사를 하고 책을 읽고 또
기도와 명상을 한단다. 마음이 가볍고 머리가 맑아 얼마나
즐거운지 모르겠단다. 1년에 두 번 정도 해외에 거주하는 가족을
만나러 여행 가는 것 외에는 아쉬람에서 아주 단순하게 살고 있다.
행복하냐고 물었더니 그렇단다. 진심인 것 같았다.
아저씨를 존경한다. 그러나 나는 속물인지라 그런 삶을 진정한
의미로는 이해하지 못한다. 그래서 나는 오늘도 찜 해 놓은 옷을
살 것인가 말 것인가 심각하게 고민하느라 바쁘다.

지난 주 금요일 주문한 사무실용 전기 방석
(겨울 내내 나의 등과 엉덩이를 책임질 그분)이
오후에 배송되어 잠시 환영 세레모니.

멋진 어른이고 싶다. 냉철하고 사리에 밝고.

그런 날이 오기는 할까.

험난한 세상살이 노하우 1 :

힘든 세상을 헤쳐나가기 위해서는 막강한 자존감이 필수다.
중심을 잃지 말아야 그나마 버틸 수 있다. 살다 보면
별 일이 다 생긴다. 열심히 했는데 결과가 안 좋을 때도 있고
내 잘못이 아니지만 책임을 질 수밖에 없는 상황도 발생한다.
폭언을 퍼붓는 상사가 있을 수도 있고 동료들과 갈등이 생기거나
아래 직원들의 뒷담화 타깃이 될 수도 있다. 다양한 상황과
여러 사람이 존재하는 세상이니까.
하지만 그럴 때마다 구구절절 설명하고 납득시키려고 애쓰지
말자. 남의 생각을 바꾸려고 하기보다 내 자신이 동요하지 않도록
마음을 추스르는 편이 낫다. 어차피 세상은 늘 시끄러운 법.

험난한 세상살이 노하우 2 :

서바이벌을 위해서는 적당한 고집도 필요하다.
이 사람 저 사람에게 다 맞추고, 한 명의 안티도 없이 욕 안 먹고 산다는 게 가능할까? 가능하다고 가정해도 이 역시 매우 피곤한 일이다. 내가 원하는 것이 뭔지를 알게 되었으면(원하지 않는 것이 뭔지라도 알아차렸다면) 주변에서 뭐라고 하든 신경 쓰지 말아야 한다. 물론 나를 생각해주는 사람들의 조언은 참고할 필요가 있지만, 안타깝게도 남을 정말로 깊이 생각해주는 사람은 많지 않다.
내 인생은 결국 내가 책임져야 한다. 게다가 삶은 외롭다.
그래서 더 중심을 잡고 맷집을 키우는 것이 중요하다.
웬만한 실패에도 무너지지 않고 다시 일어날 수 있도록.
폼 안 나게 주춤주춤 일어나더라도 일어설 수만 있으면 될 테니까.

모든 게 빠르게 변하고 눈 깜짝할 새 지나가는
LTE급 세상에서 버티려면 중심을 잡아야 한다.
흔들리지 말고 팔랑대지 말아야 한다.

출근길에 지하철을 기다리다가 유리에 비친 내 모습을 보고
문득 '내가 언제 사십 대가 되었지?'라고 생각했다. 우습지만 잠시 놀랐다.

어렸을 때는 이해할 수 없었다. 왜 많은 여성들이 중년이 되면 머리를 짧게 자르고 곱슬곱슬 퍼머를 하고 화장을 진하게 하고 눈썹 문신을 하는지.

하지만 이제는 안다. 흰머리만 느는 것이 아니라 모발도 노화한다는 것을. 머리카락이 가늘어져 탄력이 없어지면서 부시시해지니 어쩔 수 없이 자르는 것이고 줄어가는 머리숱을 커버해볼까 싶어 퍼머를 하는 것이다. 예쁘려고 화장을 하는 것이 아니라 기미와 잡티와의 사투인 것이다. 흐릿해져가는 인상에 각을 잡기 위해, 혹은 하루에 해야 할 수백 가지 일 중 하나라도 줄여보고자 눈썹 문신을 하는 것이다.

그러다가도 어느 날 찍힌 사진을 보고 "나 많이 늙었구나" 하고 느낄 때 좀 우울하다. '곱게 늙는다'는 것은 얼마나 힘든 일인지. 나잇값을 해야 한다는 말을 들으면 뜨끔하다. 나는 나잇값을 하는 사람일까. 내 나이의 값은 도대체 얼마일까.

오십 대가 되어도, 육십 대가 되어도, 칠십 대가 되어도 비슷하지 않을까. 매 시기 나이를 먹는 것은 누구에게나 처음 있는 일이니 깜빡 잊고 있다가 문득문득 흠칫 놀라게 될 것이다.

나 여권 사진
다음에 찍을까?
오늘따라 턱살이
심한 것 같아. 흑.

나중에 찍는다고
상황이 달라질까?
그냥 찍어.

(몇 시간 뒤)
호빵 같이 나왔어.
사진 기술이 부족한
곳인 것 같아.
턱살 없어 보이게
해달라고까지 말했는 데
신경 안 쓴 것 같아.

괜찮아.

다음에 찍을 걸 그랬어.
너무 슬퍼..

40대 아저씨도 여권 사진이 못 생기면 우울해한다.

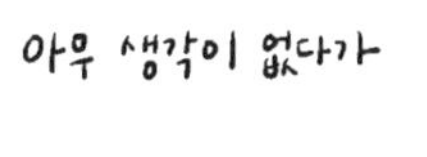

갑자기 연말이
코 앞이라는 사실을
깨닫고

올해 내가 과연
제대로 살았는지에 대해
생각해보게 되었다.

그건 그렇고 또 한 살을 먹는다니...

어렸을 때는 마흔 정도 되면 세상을 완벽하게 이해할 줄 알았다. 다방면으로 아는 것도 많아져 누구에게나 멋진 조언도 할 수 있을 거라 생각했다. 하지만 내 경우에는 전혀 그렇지 않다. 내 안에서 '삶의 지혜' 같은 것은 쉽게 자라지 않는다. 누군가 자신이 처한 어려운 상황을 설명하며 "어떻게 하는 게 좋을까요?" 물어오면 정말이지 땅을 파고 굴을 뚫어 도망치고 싶다.

눈물이 많은 한 후배가 있었다. 내게 종종 어려움을 토로하며 조언을 청했는데, 그때마다 어찌하면 좋을지 난감해 나도 함께 울고 싶었다. 내 인생도 감당 못하는 내가 네 인생까지 어쩌겠니 하는 비통한 심정이었다. 결국 나이만 먹었지 별 도움 안 되는 선배로 낙인 찍혀 절로 멀어졌다. 그때 무척 힘들었다. 억울하다는 생각도 들었지만 후배 입장에서 생각해보니 내가 정말 변변치 못한 선배인 것 같아 반박도 못했다.

개인적으로 이십 대보다 삼십 대가 좋았고 여러 면에서
사십 대가 더 좋다고 생각은 하지만

아직도 이해하기 힘든 일이 이렇게 많을 줄 몰랐다.
때로는 좀 한심할 지경이다.
현재 나의 장래 희망은 '지혜로운 어른'이다.

언젠가부터 '동안'이라는 말이 대유행이다.
모두들 젊어 보이고 싶어한다. 다들 건강하고 패션 감각도 좋아져
실제로 젊어 보이는 추세이기도 하다.
그만큼 더 철이 없어진 건지도 모르겠지만…, 어쨌든.
나는 동안 외모의 소유자는 아니다. 누구나 자신의 외모에 대해
객관적으로 말하긴 어렵지만 나이보다 더 젊어 보이진 않는다.
평범한 직장인이고 빼어난 미모의 소유자도 아니라서 실제 나이로
보이면 적당치 않을까 싶다. 큰 불평은 없다.

그래서 말인데 굳이 나이보다 더 들어 보일 필요는 없지만
자기 나이로 보이는 것을 부정적으로 인식하지 않으면 좋겠다.
정직한 얼굴이 왜 나쁜가? 내가 버텨온 세월이 얼굴에 묻어있는
건 당연하다. 절대로 창피하거나 서운할 일이 아니라고 생각한다.
물론 관리를 안 해도 피부가 좋고 동안인 것이 집안 내력인
경우도 있다. 그런 분께는 진심으로 축하 드린다(부질 없지만
조금은 부럽기도 합니다).

동안 미인, 동안 콘테스트, 동안 연예인, 방부제 미모,
최강 동안, 동안 열풍… 연예인도 아닌 보통 사람들까지도
왜 모두 동안이어야 하는 걸까?

안경점에서

살짝 슬펐지만 안경을 새로 맞춰서 기분이 좋다.

믿기 어렵겠지만 어느 날 정신을 차려보니 사십 대가 되어 있었다. 정말이다. 서른이 된 것은 비교적 명확히 기억 나는데 삼십 대가 그렇게 금방 휙 하고 가버릴 줄 몰랐다.

스스로 아직 젊다고 생각하는 때가 삼십 대라면, 젊다고 믿으려 애를 써도 몸에서 이런저런 신호를 보내기 시작하는 때가 사십 대다. 건강검진을 받을 때마다 뭔가를 더 체크해 보라거나 생활 패턴을 바꾸라는 지적을 받기 시작한다. 야근을 하거나 술을 마시면 확실히 회복이 늦다. 군살도 붙는다. 이름부터 기분 나쁜 '팔자 주름'이 얼굴의 일부로 자리 잡는다. 컨디션이 좋은데도 "피곤하세요?"라는 말을 듣고 좌절한다.

하지만 가는 세월은 막을 수 없다. 가겠다는 세월은 가도록 내버려두고 되도록 기분 좋게 사는 것이 방법이다. 감사할 것은 감사하고 의지대로 안 되는 것은 과감히 포기하기로 한다. 소소한 것에서 기쁨을 얻으려고 노력하다 보면 그렇게 썩 나쁜 인생도 아니다. 주어진 상황에서 최대한 즐겁게 사는 것이 '안티 에이징' 아닐까.

40대가 가기 전에 꼭 하고 싶은 것들

뭐라도 좋으니
운동 재미 붙여서
꾸준히 해 보기.

제대로 운동을
하고 살아본
역사가 없다.
머슬 같은 건
키우지 않음.

Inner
Peace 찾아
쿨하게 살기.
짜증 안 내기.
특히 남편한테.

고전 많이 읽기.
편식 줄이고 다양한 책 접하기.

elegance♡

우아한
여자 되기.
무슨 일이 있어야
겨우 차려 입지 말고
평소에 예쁘기.
목 늘어난 티 버리고
잠옷 입고 자기.
무릎 나온 추리닝도
아깝지만 버리기.

운전 능숙하게 하기.
주차·후진·고속도로
두려워하지 않기.
음악 들으며 운전 하기.

* 그 외에도 빅뱅 콘서트 가기 등이 있습니다 ㅎㅎㅎ

끝으로

연초에 이렇게 다짐했다 :

1. **Smile & laugh** 올해는 더 많이 웃으면서 살자.
2. **Let it go** 욕심을 줄이자.
3. **Don't lose your cool** 쿨하게 살자.
   별 일도 아닌 것을 가지고 속상해 하거나 잠을 설치지 말고
   멀리, 크게, 넓게 보자.
4. **Forgive** 완벽한 사람은 없다.
   모든 사람들에게(내 자신을 포함해서) 관대해지자.
5. **Love** 사랑하자. 끊임 없이. 열정적으로.

노력하자!

노력하자!

노력하자!

흡!
손으로
얼굴을
당기고
있다
역시
부질 없군..
마음은
그대로인데
왜 얼굴만 늙나요
ㅠㅠ

덤: 블로그 그림일기 how to

일기를 쓴다는 것의 장점:

① 나의 삶에 대한 기록이 됨.
② 잠시 하루를 돌아볼 수 있는 기회. 짧은 시간이지만 스스로를 다독이고 응원하는 것은 매우 중요. 삶의 지표를 지속적으로 재확인하면서 내일에 대한 희망 충전.
③ 일기를 쓰는 행위 자체가 지극히 개인적인 일도 어느정도 객관화해주는 효과가 있어 힘들었던 일이 있었다면 내 자신을 조금은 분리해서 생각할 수 있게됨.
④ 나중에 읽어보면 은근히 재미있음.

노트에 쓰는 클래식한 방법도 좋지만 언제 어디에서나 쓰기에는 역시 블로그가 편한 것 같아요. 게다가 그림, 텍스트, 사진, 링크 모두 가능.

---

step 1 일기 소재를 생각해 보면서 스마트폰에서 펜을 분리한다.

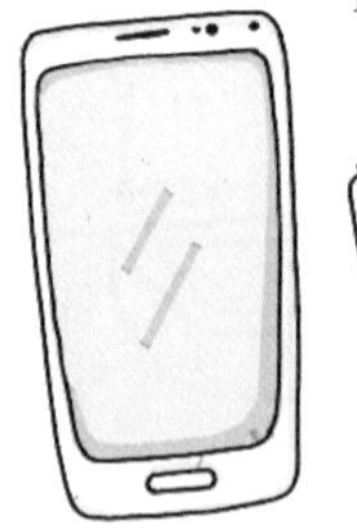

step 2

기본으로 제공되는 그림 그리기 아이콘 클릭(삼성 갤럭시 노트의 경우 'S노트') 원하는 타입의 펜, 컬러, 두께로 그림을 그리고 텍스트 추가.

텍스트나 사진만
있는 기록에 비해
간단하게라도 그림이
곁들여지면 훨씬
재미있답니다~

스틱맨도
괜찮아요

step 4

원하는 SNS에 이미지를
올리고 필요시 텍스트를
추가한다. 네이버 블로그 앱,
페이스북 앱 등이 편함 -
전체공개, 이웃 혹은 친구 공개,
비공개 등으로 설정 가능.

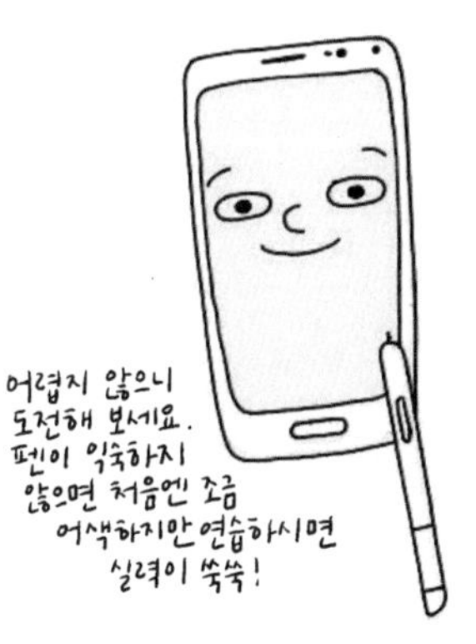

평범한 게 어때서

1판 1쇄 인쇄 2017년 4월 6일 | 1판 2쇄 발행 2017년 5월 25일

지은이 로빈순

사장 김재호 | **발행인** 임채청 | **출판편집인** 허엽

출판국장 박성원 | **출판팀장** 이기숙

기획 · 편집 송기자 | **디자인** 이슬기

마케팅 이정훈 · 정택구 · 박수진 | **인쇄** 중앙문화인쇄

펴낸곳 동아일보사 | **등록** 1968.11.9(1-75)

주소 서울시 서대문구 충정로 29(03737)

마케팅 02-361-1030~3 팩스) 02-361-1041

편집 02-361-0858 팩스) 02-361-0979

홈페이지 http://books.donga.com

ISBN 979-11-87194-35-4 03810 | **값** 13,800원